村上 護

山頭火 俳句の真髄

春陽堂

目次

所在を求めて……161

序章

放浪は山頭火の真骨頂

種田山頭火は一代句集ともいうべき『草木塔』一冊を遺している。少欲知足を旨とする彼にとって、よくぞ出来《でか》したりの成就であった。収録句数は七百一句、七百部を昭和十五年四月に東京の八雲書林から出版している。無一物、行乞行脚《ぎょうこつあんぎゃ》の俳人としては珍しいことだ。当時は贅沢を戒め、国策として軍需生産を高めようとした時代であった。そんな時世に函付、B6判の和紙装幀に題簽、本文は唐紙二百八十頁からなる立派な句集が世に出たのである。すぐさま歌人の土岐善磨は「短歌研究」誌上において、長文の好意的な書評を掲載した。出身母体ともいうべき「層雲」においても、荻原井泉水をはじめ多くの句友たちが支持し援助している。

生前において、山頭火がまったく無名であったということではない。けれど巷は戦時色を強め、国家総動員の体制が強化される中で、放浪行乞の俳人が生きる道は閉ざされているに等しかった。そんな情況下にもかかわらず、「おちついて死ねさうな草萌ゆる」「銭がない物がない歯がない一人」などの句を詠んだ。死にたいと望んだ伊予松山の地で、願いどおりのコロリ往生を果たしている。昭和十五年秋のことだ。

その翌年には満州事変にはじまる日中十五年戦争が拡大し、いよいよ太平洋戦争へと突入した。国家存亡をかけた戦いであり、国民一人ひとりが置かれた窮状はいまさらいうまでもなかろう。そんな危難の戦乱にあって、働きのない俳人の存在など忘れ去るのは当たり前のこと。山頭火の名さえ知る人の少ない時代が続いている。

山頭火ブームがささやかれるようになったのは何時《いつ》ごろからだろう。その声は高度経済成長期の一九七〇年代初頭から急に全国的なものとなったように思う。そして日本経済の急激な変化、その浮沈の境目ごとに一種のブーム現象が起こり、山頭火の名は定着していった。

考えてみれば世の好景気と不景気とに左右されながら、山頭火人気の浮き沈みがあるというのも不思議なことだ。まだまだ軽薄な流行に過ぎないと、彼の存在を認めない人が多いのもそんな理由からである。

山頭火という俳人の真価はどんなところにあるのだろう。そのあり方の疑問に答えなければならない。本書にはそんな役割があるとも考えている。急がず先ず本文を読んでもらいたいが、山頭火が自ら目指した俳句については、次のことばを引用しておこう。

「私が欣求してやまないのは、悠々として迫らない心である、渾然として自他を絶した境である、その根源は信念であり、その表現が句である、歩いて、歩いて、そこまで歩かなければな

らないのである。」（日記・昭和七年一月一日）

「現在の私は、宗教的には仏教の空観を把持し、芸術的には表現主義に立脚してゐることを書き添えて置かなければならない。」（日記・昭和八年一月一日）

山頭火が歩きに歩いた俳人であったことは、誰もが認めるところである。出家得度の俳僧という一面もあって〈仏教の空観を把持〉していることに異存はない。目新しいのは表現主義に立脚しているということだ。

近代俳句の主流は子規にはじまる写生説であり、大勢を決したのは虚子の唱える客観写生であった。これに真っ向から対立するのは作家の内面や主観的な感情表現を重視する表現主義だ。これを自らの作句の立場とする山頭火の俳句にどんなものがあるか。先ず代表句を挙げておこう。厳寒時の放浪行乞を詠んだ句には、

うしろすがたのしぐれてゆくか
鉄　鉢　の　中　へ　も　霰

福井の永平寺に参籠し、一種の悟性によって成った句としては、

てふてふひらひらいらかをこえた

法堂《ハットウ》あけはなつ明けはなれてゐる

さて本書においては俳句を中心に山頭火の境涯を辿りながら本来持っている真の姿を探究してみたい、と考えている。わたしは以前に、インドにおいて山頭火を発見したと書いた。四十年も前の二十代半ばのとき、山頭火の句集『草木塔』を持って当てのない旅をしたときの思い出である。あるパーティの席で隣り合った沢木耕太郎さんと話す機会があり、現代における放浪はグローバルですね、と意気投合したのを思い出す。

山頭火の真骨頂は時代を超えて、放浪ということだ。わたしの好きな詩人の西脇順三郎が語ったことばを、ここに引用しておこう。

「わたし自身、どれが一番正しい人間の生き方かというときは、やはり放浪というか、旅人、乞食《こつじき》、そういったものを人間の生態というふうに思うんです。」

ところで本書『山頭火 俳句の真髄』の執筆意図と構成について少々触れておきたい。真髄とは物事の最もかんじんな、その道の奥義の意だが、これを探る手掛かりを先ずは山頭火の俳句に求めている。

第一部「境涯俳句」においては、初期の有季定型における日常の身辺俳句も取り上げた。けれど破滅の生活へと傾斜する過程で定型に収まりきれない俳句にも言及。やがて自由律による魂の叫びともいうべき境涯の俳句を照射することに努めている。

第二部の「所在を求めて」は、長い漂泊流転の時期を経た草庵暮らしの日々に焦点を当てている。比較的平穏な日々もあり、内省の思いは『其中日記』に見ることも出来よう。また、草庵暮らしの精神的停滞を打ち破るために旅に出て、俳人として新境地を開いている。そんな折にふれての局面を、有季定形句との比較においてエッセイ風に叙述したのが第二部の内容だ。

いずれにしても俳句あっての人生が山頭火である。初期の有季定型からはじめて、捨身懸命の漂泊の俳句、草庵を得てから以後は内観俳句と大きく分けられよう。これを二部構成で山頭火の真髄に迫ろうとしたのが本書であり、意のある所を汲み取っていただければ幸いである。

山頭火って何ですか。よく唐突に訊《き》かれることがある。不可解な存在なのだろう、ちまたでは酒の銘柄となり、居酒屋や饅頭店の屋号になり、ラーメン屋の看板にもなった。実は俳人の名前なんですよ、とぼそぼそと応対するほかない場合もある。改めて山頭火の現代における存在感を書いておく必要もあろう。

考えてみれば、何も卑下することはない。今じゃ明治以降の俳人として最も名が知られている。中学校で使用する文部科学省検定の国語教科書は全部で五種類あり、その全部に山頭火の俳句が掲載されているのだ。ある時期以後の全国の中学校では彼の俳句を教えているから、若い世代においての知名度は抜群に高いということである。

名はよく知られるようになったが、その生き方はどうなのか。これに対しては異議を唱え、反感をもっている人も多いといってよかろう。世間的に見れば落伍者であり、人のお手本になるような人物ではない。いや公序良俗を乱す者として、そんな輩の俳句を義務教育の教材として使用するのはまかりならぬ、とどこかの俳句団体が文科省に抗議したとの風評もある。いかにも非文学的な行動だが、それでも抹殺されないで人気があることは間違いない。

わが国においてだけでなく、山頭火は世界においても芭蕉に次いで人気があるということだ。欧米の禅ブームと呼応して短詩型の俳句も注目されてゆく。かつてニューヨーク禅堂で修行したジョン・スチィブンス氏と対談した折も、そのことが話題になった。彼は一九八〇年に山頭火の三七二句を英訳してアメリカで出版した人である。

私は二〇〇六年三月に、たまたまポーランド大使館で山頭火について語る機会があった。各国の大使館関係者が二百人ほども集まっていたが、その後の懇親会で諸外国における山頭火俳句の流布状況を聞くことができた。ドイツ語やフランス語でも翻訳され、中国では李芒氏の漢訳句集は三十万部も出版されたという。ロシアを旅行した友人はペテルスブルグの書店で、ロシア語訳の『山頭火句集』を見つけたと土産に買ってきてくれたりもした。

ところで山頭火は、何時《いつ》ごろから名が知られるようになったのだろうか。私のはじめての著書『放浪の俳人山頭火』（東都書房）を出版したのは一九七二年二月であった。それを原作として間もなく百万部突破の雑誌「少年マガジン」（講談社）に劇画の連載がはじまっているから、かなりの持て囃されぶりだった。

当時の新聞の切り抜きなどを出してみると、山頭火が一躍脚光を浴びはじめるのは一九七一年秋ごろからである。日経新聞（一九七二年三月二十六日）の朝刊では、一九六九年までに刊行されていた山頭火の関係書を紹介しながら、次のように伝えている。

「（山頭火は）まだごく限られた俳人仲間のものにすぎなかった。世は〝七〇年〟前後で風狂どころではなかった。その後〝ディスカバージャパン〟をはじめフィーリング時代がいわれ、脱物質文明が若者をとらえた。漂泊詩人がよみがえる素地が醸成されつつあったわけだ。」

一九七一年秋になって一気にブームが到来した。この時期、山頭火の大流行を報ずる新聞や週刊誌の記事は枚挙にいとまがない。それにあやかったわけではないが、私の著書出版も時期が重なったので本はよく売れた。

私は思うところあって、一九六六年にインドを放浪。伊予松山に住んでいた二十歳ころから山頭火の存在に注目していたから、旅に出るとき山頭火句集『草木塔』だけを携えていた。これが縁で帰国して新宿あたりを徘徊するようになってから、四百字詰原稿で七百枚余りの「山頭火評伝」を書いたのである。それが先にも触れた『放浪の俳人山頭火』であった。

山頭火は俳号で、本名は種田正一という。生まれたのは山口県防府というところ。生年月日は西暦でいえば一八八二年。和暦でいえば明治十五年十二月三日の生まれで、没年は昭和十五年十月十一日。アジア太平洋戦争のはじまる前年の一九四〇年である。また彼の生涯の中仕切りともいうべき、一所不住の放浪をはじめるのは大正十五年。少々因縁めいた数字である。

彼の印象を一言でいえば、世捨ての俳詩人である。俳句は出家以前から作っていたが、俗世にあるときは詩も作り、評論も書き、ツルゲーネフの小説を翻訳するなど多才であった。

結婚して長男も生まれていたが家は没落し、ついに破産した後は文学一筋の道を歩もうとして妻子を置き去りに上京。果ては人生に行きづまり出家得度している。托鉢しながら歩き、とうとう俳句を作ることを生き甲斐とするようになった。俗世の凡人から見れば、ぞっとするような生き方であり真似はできない。それほどに稀有な境涯にあって、命懸けで遺した作品というのは珠玉というべきだろう。

虚心坦懐に山頭火の俳句を読んでいけば、見えてくるものがある。それは怖いほどの真実究明の道でもあった。拙いながらも、私は道づれとして山頭火俳句の評釈を試みてゆきたい。

境涯俳句

望郷のうた

波の音たえずしてふる郷《さと》遠し

昭和五年九月三十日、宮崎県日南海岸での作。捨てられるものは全て捨て無一物になっての托鉢だったが、望郷の念は捨てられなかったか。

木賃と呼ばれる安宿に泊まって、戸外の絶え間ない波音になかなか寝入れなかったのだろう。その日の行乞記には「宮崎の宿では毎夜波音が枕にまで響いた、私は海の動揺よりも山の閑寂を愛するようになつてゐる」と書いている。海の動揺は心の動揺ともなり、一所不住の不安を呼び起こしたのだろう。世を捨てて放浪しながら、常に望んでいたのは平穏な毎日であり安住の地であった。矛盾した願いではあるが、山頭火は随筆で「家郷忘じ難し」と表明し、「錦衣還郷が人情ならば襤褸《ぼろ》をさげて故園の山河をさまよふのもまた人情である」とも書いている。

年とれば故郷《ふるさと》こひしいつくつくぼうし

海岸線から周囲を高地に囲まれた宮崎県都城での作。日記では「年とれば故郷こひしいつく〳〵ぼうし」。句集『草木塔』所収。すでに秋半ばの十月十二日だったが、つくつく法師が鳴いていた。古来「筑紫恋し《つくしこい》」「美しよし」と聞きなしていたように、彼も帰心をもよおしたか。先の日南海岸の宿では、五年ごとに実施される国勢調査を受け、自らも考えるところがあったようだ。このときは四十八歳で、まだ老いを感じる年齢ではなかったけれど、将来への不安はあった。行乞記には「次回の時には何処で受けるか、或は墓の下か、いや、墓なぞは建て丶くれる人もあるまいし、建て丶貰ひたい望みもないから、野末の土くれの一片となつてしまつてゐるだらうか」と記す。次のような句も作っている。

波音遠くなり近くなり余命いくばくぞ

ふるさとは遠くして木の芽

昭和七年三月二十一日、長崎県早岐《はいき》での作。行乞記に書く日付に続けて、この日は長々と「晴、彼岸の中日、即ち春季皇霊祭、晴れて風が吹いて、この孤独の旅人をさびしがらせた、行程八里、早岐の太田屋といふ木賃宿へ泊る（三〇・中）」と説明している。たいていは日付と天気、宿泊場所を簡潔に記す程度で、以下は改行して本文を書きはじめる。

孤独の旅人をさびしがらせたのは春愁のせいだろうか。樹木に萌え出た若芽はふくよかな香

りを漂わす。この匂いが遠い過去を呼び覚す。けれど精神衛生は良好でなかったようで、見る夢も暗かった。行乞記には、

「夢を見た、父の夢、弟の夢、そして敗残没落の夢である、寂しいとも悲しいとも何ともいへない夢だ。」（昭和七年三月十九日）

旅の人としふるさとの言葉をきいてゐる

種田家が破産して、一家が離散したのは大正五年である。以来、波瀾の連続だったが、時には故郷に帰ることもあった。掲出句は「再録」として昭和七年五月四日の行乞記に収めている。とっくに在地性を失った山頭火が、久しぶりに故郷に足を踏み入れて、旅人として〈ふるさとの言葉〉を聞いているのだ。石川啄木には「ふるさとの訛《なまり》なつかし／停車場の人ごみの中に／そを聴きにゆく」と詠んだ歌がある。懐かしさと、そこを追われた悲しみが相半ばしている。山頭火も同じような思いだったろうが、木賃宿での同宿者たちが山口弁で話しているのを聴くと気持ちがほぐれたという。行乞記には、

「故郷の言葉を、旅人として、聴いてゐるうちにいつとなく誘ひ入れられて、自分もまた故郷の言葉で話しこんでゐた。」（五月二十一日）

ふるさとの言葉のなかにすわる

ほうたるこいこいふるさとにきた

蛍は夏の夕べを彩る風物詩の一つだろう。山頭火が生まれ育った生家近くは地下水が豊富で縦横に水路が走り、蛍の名所でもあった。よく知られるわらべ歌に「ほう　ほう　ほたる来い」というのがある。掲出句にもこの旋律が引き継がれて、耳にもなじみやすい。自選句集『草木塔』に収録している。昭和七年六月一日の行乞記にある「ほうたるこいほうたるこいふるさとにきた」のリフレーンはよりわらべ歌に近いものだ。気持ちを盛り上げ、奮い立たせるような軽快なリズム感があって快い。また全てひらがな書きで堅苦しい感じがしない。

山頭火が句作において心掛けたのはどういうことだったか。「うたふものの第一義はうたふことそのことでなければならない。私は詩として私自身を表現しなければならない」と書いている。

ふるさとの夜がふかいふるさとの夢
ふるさとの夢から覚めてふるさとの雨

一対として鑑賞するのがよい、と思える俳句である。もちろんキーワードは〈ふるさと〉で、どっぷり感傷にひたっている様子だ。かつては地主の家柄で、山頭火は地元の旧制中学（三年制）は首席で卒業、山口中学を経て早稲田大学を中退後は帰郷して家業を継いでいた時期もある。そんな縁で故郷における交友関係は狭くなかった。

零落していたが、彼を温かく迎える友もいた。昭和七年五月初旬の作である。当時の行乞記には「街の家でまた飲む、三人とも酒豪ではないが、酒徒であることに間違ひはない、例によつて例の如く飲みすぎる、饒舌りすぎる」と書く。酔って酔いつぶれて、ふるさとで〈ふるさとの夢〉をみたが、覚めると雨だったという。内そと共にか。

ふるさとの夜となれば蛙の合唱

望郷の思いになずむことも多かった。が、いざ故郷に戻ってみればどうだったか。根は明る

い性格で、人懐っこい面もあった。一杯入れば陽気になって饒舌にもなったという。行乞記には、

「同宿六人、みんなおもしろい、あゝおもしろい、おもしろのうきよかな、蛙がゲロ〳〵人間ウロ〳〵。」（昭和七年五月二十日）

掲出句の〈蛙の合唱〉はほんとうだったようだ。それに合わせて人間は踊ったか。そのあたりのところは省略して、思わせぶりに〈ふるさとの夜となれば〉と詠んでいる。彼は脱俗の俳僧であり、その矜持を忘れてはいない。その一端は行乞記に次のように記す。

「こゝで得ればかなたで失ふ、一が手に入れば二は無くなる、彼か彼女か、逢茶喫茶、ひもぢうなつたらお茶漬でもあげませうか、それがほんたうだ、それでたくさんだ、一をたゞ一をつかめば一切成仏、即身即仏、非心非仏。」（同前）

雨ふるふるさとははだしであるく

人口に膾炙する一句である。「大種田ともよばれた家の放蕩息子が、ぼろをまとうて雨の中を裸足で歩いちょうる」と、後ろ指を指されているかの俳句だ。ときどきは前書に「自嘲」と付けて、自らをさらけ出そうとする句もあったが、掲出句はどうか。

昭和七年九月四日の作。生まれ故郷である防府の隣町にある小郡で、いよいよ草庵を結ぶことが決まり、心がはずんでいたころだ。しょぼくれている句と解することはなかろう。行乞途上で雨に降られたときなどは、裸足で歩くこともあった。「濡れてすゞしくはだしで歩く」などの作もある。

当時として雨降りに裸足で歩くのは珍しくない。子供の時分には裸足で遊ぶことが楽しかった。自句評としては次のように書く。

「雨ふるふるさとはなつかしい。はだしで歩いてゐると、蹠《きびす》の感触が少年の夢をよびかへす。」

酔へばはだしで歩けばふるさと

酒に酔い気分がよければ、裸足で歩きたくなるのだろうか。いわゆる〈ふるさと〉の土は小砂まじりでサラサラしている。享保の昔から陶土として珍重され、一楽二萩三唐津といわれるうちの萩焼は、防府近郊で採れる日本一軽い土で焼いたものだ。しめった真砂土の上を裸足で歩くのは快い。

掲出句は昭和九年六月二十六日の作で、同時に「さみだるるやはだしになりたい子がはだしとなつて」の句もある。子供の真似をして裸足となったのであるまいが、稚気あふれるものだ。それがふるさとならではの一句といってもよかろう。

飲めるだけ飲んでふるさと
酔うてふるさとで覚めてふるさとで

故郷にて
おもひだしたこともないことを、蛍蛍とゆく

すっかり忘れてしまっていたことを思い出すのは、どんなときだろうか。「層雲」昭和十年八月号に発表の一句。日記の中に掲出句はないが、日記の方では「故郷にて」の前書を付けた次のような句を残している。

蛍ちらほらおもひだすことも

昭和十年六月十四日には徳山の久保白船を訪ねた後に、ふるさとの防府に立ち寄っている。日記では、

「私は一時の汽車に乗つた、途中三田尻下車、伊藤君を訪ね、それから三田君を訪ねてまた飲んだ、鯛の刺身のあたらしさ、うまさは素敵だつた、それと同様に三田君の人間のよさも（家人一同のよさも）素敵だつた」

三田尻駅は現在の防府駅、伊藤君、三田君は幼なじみであり文学仲間。昔の思い出を語り合って記憶がよみがえることもあったのだろう。

うまれた家はあとかたもないほうたる

JR防府駅（当時は三田尻駅）から徒歩で二十分くらいのところだ。駅から生家までは他人の土地を踏まないでも行けた、という伝聞もある。調べてみるとそれほどではないが、数町歩の田畑を所有する中流の地主であった。

母屋は文政十年（一八二七）に建てられている。一部は二階屋になっている草葺きで、下屋は瓦屋根をめぐらしていた。建坪は三十七坪、ほかに蔵と長屋と大きな物置家があり、周囲は塀をめぐらせた農家の佇まいだった。

彼は没落しなければ種田家の七代目当主になるはずであった。が、明治三十七年ごろから切り売りし、屋敷一切が人手に渡ったのは明治四十一年、山頭火二十六歳のときである。

彼が生家跡を訪ねたのは昭和十三年七月十一日で、およそ三十数年後だ。家屋敷は数軒に分割されて人が住み、往時の面影はなかった。

ほうたるほたるなんでもないよ

どこか謎めいた俳句である。飯田蛇笏のよんだ「たましひのたとへば秋のほたるかな」の名吟を思い出す。これは畏友であった芥川龍之介の自殺を悼んだ一句であり、〈秋のほたる〉を〈たましひ〉になぞらえている。

たましい、また霊魂は精神的な働きをつかさどる原理とされたものだ。肉体や事物から独立しており、たとえば死後の肉体から抜け出して自由に浮遊するとも考えられる。山頭火も蛍を見るときに、それを霊魂と考えたようで、感慨ふかげに眺めたのだろう。彼にあっては母の霊魂を蛍と想定することもあって、蛍に母の面影を見ていたのではないか。

掲出句は昭和十四年六月の作で、初出は六月十五日に出したハガキの中で「橘が匂ひ蛍がとべば！」とよびかけて、母への記憶をよびおこして次のような句を示している。

　ほうたるほうたるなんでもないよ　　山

亡母忌日二句追加

おもひでは菜のなつかしさ供へる
ひさびさ袈裟かけて母の子として

母フサが自殺したのは明治二十五年三月六日のことで、三十二歳のときだ。なぜ自殺しなければならなかったか。真の理由は本人しか分らないが、いろんな事情で神経衰弱に陥っていたようだ。屋敷内の釣瓶井戸に投身自殺したというのが消息として有力だが、長屋の部屋で首を吊って死んだという伝聞もある。いずれにしても惨い死に方だ。

昭和八年三月十一日の作で、四十一年目に詠んだ追慕の二句だ。それ以前にも亡母を供養する気持ちは篤かったはずだが、記録にあるのはこれが最初である。祥月命日である三月六日の日記には「酔うて乱れて、何が母の忌日だ、地下の母は泣いたらう」と記している。

母の四十七回忌

うどん供へて、母よ、わたくしもいただきまする

昭和十三年三月六日、四十六年後の追善供養である。母が自殺したとき、山頭火は満九歳と

四ヵ月。以来、母を思慕して歩む人生で、俗世にあっての遊蕩も、世を捨ててのちの放浪行乞も、その根っこのところでは母の自殺が因を成している。

先の昭和八年作の句では、供物として菜の花を供えているが、掲出句においてはうどんである。無一物を本来とする草庵生活では、特別に供えるものはない。それにしても侘びしい追悼だ。日記には、

「亡母四十七年忌、かなしい、さびしい供養、彼女は定めて、(月並の文句でいへば)草葉の蔭で、私のために泣いてゐるだらう!

今日は仏前に供へたうどんを頂戴したけれど、絶食四日で、さすがの私も少々ひよろ〳〵する、独坐にたへかね横臥して読書思索。」

述懐

母よ、しみ〴〵首に頭陀袋《フクロ》をかけるとき

頭陀《ずだ》とは煩悩を除去すること。頭陀袋は頭陀行を行う僧が、僧具・経巻・お布施などを入れて首にかける袋である。山頭火も行脚の旅においては、これを首からかけて歩いた。何のために。〈母よ〉と呼びかけているから、自殺した母のためである。尋常でない死に方をした人は、

いつまでも冥府をさまよっているともいわれる。

日記（昭和十四年三月八日）には、

「母の四十八回忌。――

さくら餅を供へ、鉦をうち、読経しつゝ、線香の立ちのぼるけむりを見詰めてゐると、四十八年の悪夢が渦巻くやうで、限りなき悔恨にうたれる、おなじ過失を繰り返し繰り返して来た私ではなかつたか。……」

母の第四十九回忌

たんぽぽちるやしきりにおもふ母の死のこと

山頭火は年を取るにしたがい、母への追慕の念が深まったともいえようか。同時に自分自身の死期も覚悟していたようで、一代句集『草木塔』（昭和十五年四月刊）の扉には「若うして死をいそぎたまへる／母上の霊前に／本書を供へまつる」と記している。自身の境涯の集約でもある句集を総決算として、これを母の霊前に供え、いつ死んでもよいという気持ちの整理がついていたのではあるまいか。

彼はいつか自叙伝を書くつもりだった。昭和十二年三月三日の日記には「……私たち一族の不幸は母の自殺から始まる、……と私は自叙伝を書き始めるだらう。……母に罪はない、誰にも罪はない、悪いといへばみんなが悪いのだ、人間がいけないのだ。……」

ついに自叙伝は書けなかったが、母の霊前に供える一代句集を上梓し、その秋に山頭火も瞑目する。

父によう似た声が出てくる旅はかなしい

山頭火にとって父はどういう存在だったのだろう。本名は竹治郎、安政三年（一八五六）十月の生まれで、明治維新のときは十二歳。先代の治郎衛門、山頭火には祖父に当たるが、明治三年に四十六歳で死去しているから、竹治郎が種田家の家督を相続したのは十五歳のとき。まさに時代の激動期であり、いわゆる地主階層にとっての毎日毎日は浮沈をかけた戦いであった。竹治郎は投機的相場に手を出して、資産の大半を失ってしまう。そんな父親に批判的であった。早稲田大学在学時は、父と子との世代の対立を描いたツルゲーネフの小説『父と子』を愛読している。

掲出句は昭和七年一月二十八日、佐賀県の武雄盆地にある古刹福泉寺を訪ね、住持の解秋和尚に初対面。〈父によう似た声〉は解秋の声であり、〈旅はかなしい〉とは意味深長。

だんだん似てくる癖の、父はもうゐない

最晩年の句帖にある一句である。前出の句で追憶したのは父の声であり、掲出句は父の癖だ。無意識にしばしば行うちょっとした動作のことだが、どんな仕種となって現われたのだろうか。父の竹治郎が死去したのは大正十年五月八日であった。種田酒造場が破産した後には一時、行方をくらましていたが、かつて芸妓のころに世話をしていた女性の家に身を寄せていた。そこも追われて、生家近くの元の小作人が所有する物置小屋のようなところに住んでいた。息子の山頭火は単身で東京にいて、故郷との音信は途絶えている。葬儀は町田家に嫁していた二女のシズと近身者数人でひそやかなものであったという。後年になって、「私はほんとに不孝者であることを痛感した」と書いている。

トマトを掌《テ》に、みほとけのまへに、ちちははのまへに

昭和十五年八月十八日の作。長ったらしい俳句であるが、「一草庵裡山頭火の盆は」と前書も付けている。二ヵ月足らずで山頭火も死を迎えることになるが、敬虔な心持ちで御仏と父母

の霊前に対座している。祖先霊を迎える盂蘭盆のせいもあろう。そして自分も死の近いことを予感して、あれこれ考えることは多かったようだ。そのたゆたいが、読点を施した二十二文字の長律句になったか。

八月十七日の日記には「……私は来世を信じない、過去を放下する、私はたゞひたすら現在を信ずる、即今——永遠の刹那を充実すべく全身心を尽すのである、……宇宙霊を信ずるけれど個人霊を否定する」と書く。翌日には「——ともすれば死を思ひ易ひ、——死を待つ心はあまりに弱い、私は卑怯者！と自ら罵つた」と心はなお乱れている。

熟柿のあまさもおばあさんのおもかげ

前書に「老祖母追憶」とあり、昭和九年十月八日の作。よく熟した柿は甘い。これを祖母に見立てた思い出の一句である。母のフサが自死した後は、一手に孫たちの面倒を見たのは祖母であった。肉親として最も身近で、孝行するとしたら祖母以上の人はなかったといえよう。

祖母のツルは天保三年（一八三二）八月十五日生まれ。種田家と同じ村の歳弘家から嫁していた。山頭火が明治四十四年に書いた随筆の中では、当時七十九歳だった彼女を次のように書く。

「見ると、傍に老祖母がうと〳〵と睡つてゐる。青黒い顔色、白茶けた頭髪、窪んだ眼、少し開いた口、細堅い手足——枯木のやうな骨を石塊のやうな肉で包んだ、古びた、自然の断片——あゝ、それは私を最も愛してくれる、そして私の最も愛する老祖母ではないか。」

おもひではかなしい熟柿が落ちてつぶれた

前書には「祖母追懐」とある。昭和九年十一月十八日作。よく熟した柿の実が自然に落ちるのを待つことは、気長に時機が来るのを待つという意味もある。けれど掲出句は、無惨に〈つぶれた〉悲哀を詠んだものだ。

彼女は八十七歳まで長生きし、種田家の破産後は親類に身を寄せて大正八年に死去。山頭火は回想して「私の祖母はずゐぶん長生したが、長生したがためにかへつて没落転々の憂目を見た。祖母はいつも『業《ごふ》やれ業やれ』と呟いてゐた。」（第七句集『孤寒』あとがき）と書いている。

掲出句を作った当日の日記には祖母の成仏を祈ってか、次のようにも書く。

「『生死は仏の御命なり』何といふ尊い言葉であらう、生も死も去も来も仏のはたらきである、それは人間の真実である、人間の真実は仏作仏行である。」

これだけ残つてゐるお位牌ををがむ

昭和七年六月十日の日記に所収。当時、山口県西部、豊浦町にあった川棚温泉の木下旅館に長逗留して、草庵を造ることに腐心していた。ここに落ち着き、世捨て人らしい生活を望んでいたのだろう。およそ九十日間も庵を結びたいと奔走しているから、本気だったことが分る。庵を結ぶ計画については、別れた女房にも知らせている。一往の世帯を持つことであり、熊本からは山頭火の所持していたものが送られてきた。その中には位牌も入っていたという。これは誰の位牌だろう。単純に考えれば母の位牌だろうが、父や弟のものもあったかもしれない。彼は種田家七代目の継嗣として育てられていた。そんな意識は長く尾を引いていたように思う。

おもひでの草のこみちをお墓まで

昭和七年八月四日の作。前々日には妹シズが嫁いでいる町田家を七年ぶりに訪問。父竹治郎の姉トラの嫁ぎ先であったから伯母の家でもあった。そこで寛ぎ、みずから青竹を切って線香入れをこしらえての墓参りだったという。

「曇、どうやら風雨もおさまつたので、朝早く一杯いたゞいて出立、露の路を急いで展墓〈有富家、そして種田家〉、石古祖墓地では私でも感慨無量の体だつた、何もかもがなくなつたが、まだ墓石だけは残つてゐたのだ。」

日記の引用文中にある〈有富家〉は祖母ツルの長姉であるチサの嫁ぎ先であり、父竹治郎の長姉イクが嫁いでいる。また弟の二郎が六歳のとき養嗣子に入った家で縁が深かった。同時の作には、

お墓の、いくとせぶりの夏草をぬく

ふるさとは暑苦しい墓だけは残つてゐる

昭和八年七月二十九日の作。前日の日記には「今日からまた行乞の旅へ出る、歩け、歩け、たゞ歩け、歩くことが一切を解決してくれる。……」と書いている。結んでいる小郡の其中庵を発して、行乞途上で石古祖の墓地にも立ち寄った。土用の真っ盛りで、日記にもわざわざ「ずゐぶん暑い」と記している。

墓に参っての改めての感慨は、言い知れぬ喪失感であった。「ふるさとのながれにそうて去るや炎天」とも詠んでおり、墓の重さはずしりと肩にものしかかっている。

現在の防府市内戎ヶ森付近にあった石古祖の共同墓地は、戦後になって国道開削のために移転。種田家の墓は市内本橋町にある曹洞宗の護国寺に隣接する墓地内に収まっている。

母の兄の墓参るわたしひとりで

初出不明。母のフサは種田家の所在した佐波村とは佐波川で隔てられた隣接の高井村の生まれ。清水利兵衛の長女だが、フサの母は彼女が十三歳のときに病没している。兄が一人いて、嫁をめとったのを機に種田家に嫁いで来たのだ。

山頭火にとって〈母の兄〉とは伯父であり、母の自死後は伯父を頼りにしていた時期もあったのだろう。昭和七年になって伯父の墓に参ったというのは、特筆すべきかもしれない。清水家の墓地は西目山の山麓、防府市下右田にある大日古墳の近くにある。母フサが自死して十年後に外祖父である利兵衛は死去するが、その墓の左側面に「長き世とおもふてくらすそのうちに無常の風にさそはれて行」の歌が刻まれている。辞世だろうか。これを建てたのは伯父の清水祐五郎であり、歌心あっての思い遣りであろう。

山頭火は文芸方面でも、伯父と気心が通じ合うものがあったか。近年に亡くなった伯父を悼んで、思い付いて墓参りを果たしたのだろう。

ふるさとの山はかすんでかさなつて

昭和八年五月十三日、其中庵から行乞の旅に出て、生まれ故郷を過ぎるときの一句。「宮市」での作と記している。防府天満宮の門前町を通り過ぎながら、往時を追懐したのだろう。その日の行乞記には、

「汽車賃が足らないから、幸にして、或は不幸にして歩く外ない。（中略）／大道——プチブル生活のみじめさをおもひだす。／それから、——それから二十年経過！（中略）／おもひではてしなくつゞく。／宮市……うぶすなのお天神様！」

山頭火は「故郷といふもの」と題しては次のように書く。

「故郷はなつかしい、そしていとはしい、それが人情だ。故郷の人間には何の関心を持たなくても、故郷の風物には心を惹かれる。一木一石、すべてが追想を強いる。」

この家があつてあの家がなくなつてふる郷は青葉若葉

「防府にて」の前書がある。特に天満宮の門前である宮市は思い出のつまったところ。生家から歩いても十数分で、知らない家はなかったといってよい。けれど故郷を離れて二十数年も経てば、今昔の感があって、一軒一軒にも消長があった。最も甚だしかったのは、わが家だった、と感無量の一句である。昭和九年六月二十八日の日記には次のように書く。

「宮市はふるさとのふるさと、一石一木も追懐をそゝらないものはない、そして微苦笑に値しないものはない。

天神様へ参詣した、通夜堂から見遙かす防府はだいぶ都会らしくなつてゐる、市となるのも時の問題だらう。」

ほろにがさもふるさとの蕗のとう

蕗の薹は春の初めに、地上に生え出た蕗の若い花茎である。食べると特有の芳香と苦味があり、季節感とともに味わうものだ。山頭火にとって、さらに〈ふるさと〉追憶を喚起するものとなるらしい。
彼にはいわゆる〈ほろにがさ〉と〈ふるさと〉をダブル・イメージで表現する句が少なくない。掲出したのは『草木塔』所収の決定稿だが、それまでに改作を繰り返している。初稿は不明だが、昭和九年六月に再録として記し、その後も改作をしたのが興味ぶかい。決定稿までの経過を次に記しておこう。〈ふるさと〉へのこだわりだ。

ほろにがさもふるさとにしてふきのとう
ほろにがさもふるさとでふきのとう
ほろにがさもふるさとのふきのとう
ほろにがさもふるさとの蕗のとう

おもひでは汐みちてくるふるさとのわたし場

句集『草木塔』所収。昭和八年九月十一日作。日記では「おもひでは汐みちてくるふるさとの渡し」。生家から佐波川の土手までは一キロ足らずの距離だ。そこから少々下流に川舟の渡し場があった。

潮の満ち引きは一日二回あって、潮はあさしお、汐はゆうしおのこと。満潮のときは大海湾から汐が満ちて、川幅を危険なほどに広くした。少年時代はそのあたりも遊び場であり、泳ぎに興じた思い出もあったのだろう。

風ふくふるさとの橋がコンクリート

いつしか渡し場はなくなり、木造の橋もコンクリートになって失望している。けれど思い出は胸中に生きており、「やつぱりうまい水があつたよ」と詠み「長い橋それをわたればふるさとの街で」とも作している。

ふるさとの学校のからたちの花

現在は故郷を捨てた流転の俳人も、故郷において持て囃されるようになっている。彼の母校は松崎尋常小学校。現在の防府市立松崎小学校で、校庭には掲出の句が碑として建てられている。昭和十年四月二十三日の作。

かつては小学校の周囲を〈からたち〉の生垣で囲っていたそうだ。晩春には甘い香りの白い花を開く。その香によって少年時代を思い出したのだろう。

生家から天満宮下を通り小学校へ行く途中一キロほどの道を、現在では「山頭火の小径」と名付けてなじんでいる。表通りではなく裏道だ。片側には佐波川から引いた用水路が流れて、風情豊かなものがある。

郷土にて

吾妹子《わぎもこ》の肌なまめかしなつの蝶

明治四十四年、回覧雑誌「夏の蝶」（七月）に所収。妻や恋人、親しい女性などに親愛の気持ちを込めて呼びかけるのが〈吾妹《わぎも》〉である。「わがいも」の転。相方《あいかた》はどんな女性だったか。二年前に結婚していたが、新婚早々から家をあけて夜遊びすることが多かった。吾妹子は芸妓か女給だろう。「カフエーにデカダンを論すなつの蝶飛べり」「山百合に妓の疲も憂し絃切れて」などの作もある。

女性の白い肌の魅力に、ダブルイメージとして夏蝶を連想している。〈なまめかし〉の象徴ともいえそうで、写生句からの発想ではない。

当時は防府の生家や田畑は売り尽して、隣村にあった古い酒造場を居抜きで買い取り営業していた。大金を持って税務署に出かけたこともあった、と回想しているから豪遊もしたのだろう。

俳句は地元に弥生吟社というのがあって所属。これを発展的に解消し、中心メンバーの一人となって椋鳥会を結成し、回覧雑誌を毎月発行した。発表句はまだ有季定型である。

似たる夜と妓《こ》の懺悔《ざんげ》など明け易き

明治四十四年、郷土文芸誌「青年」に所収。妓楼における作である。睦《むつ》まじい馴染みの芸妓がいたのだろう。夏は短夜で明け易い。〈似たる夜〉とは通いつめて、同じような夜が続いたということ。どう過ごしたかといえば、相手の女性の長々とした身の上話を聞くうちに夜が白々と明けてきた、というのだ。

彼の性格には偏執的な一面があった。当時の随筆には、一度やったことは二度とやりたくないと書く。けれど「一度でなくして二度となつたとき、それは私にとつて千万度繰り返すものである」と断言している。

文芸誌「青年」は明治四十四年六月に創刊し、月刊で七号まで続いている。山頭火はそこに俳句（当時の俳号は田螺公）を発表するが、モーパッサンやツルゲーネフの小説なども翻訳して掲載。随筆も書いた。毎号百ページを超える立派な活版刷の雑誌で、中心的存在として活躍している。

月に思ふ畔豆《あぜまめ》を九年前の事

初出は同前。九年前といえば、早稲田大学と改称後の第一期生として入学した年だ。〈月に思ふ〉とあるから秋のことだろう。

畔豆は田の畔に植える大豆であり、熟さない青いうちに莢《さや》ごと塩茹《しおゆ》でにして食べる。酒を飲むときのお通しだ。月見豆ともいい、名月に供えたりもする。

東京専門学校は創立二十周年目の明治三十五年に早稲田大学と改称。彼は専門学校の高等予科を経て、そのまま大学へと進学している。入学式は九月十五日に行われ、月齢でいえば中秋の明月前夜で印象深かったのだろう。

大学在学のころの消息は不詳だが、創立者であった大隈重信を訪ね庭園で一緒に写真を撮ったこともあったという。かつては前途有為な青年と期待されていた時代だ。

島の悲劇もふと見たり芒に印象す

初出は同前。前書に「島廻り吟」とある四句中の一句だ。秋に山口県東部、広島湾に臨む岩国へ行き、文芸仲間と集うている。そのとき案内されて、どこかの島にも渡ったのだろう。

島印象語るにおどる手振など　　田螺公

このころの俳号は田螺公で、山頭火の号は翻訳や随筆にしか使っていなかった。島の印象を聞かれて身振り手振りで応えたのだろう。その内容が、ふと見た島の悲劇についてだったというのはただ事でない。寥々とした芒が心に残って、鬱々たる気分の俳句である。

夜は仲間たちとの文芸談議。「論題は主として在来の季題趣味と新傾向との交渉如何に」ということだった。掲出句は新傾向的な俳句というべきだろう。

未整理の簿書裡《り》に没す夜ぞ長き

初出は同前。〈簿書〉とは酒造場経営の帳簿である。明治三十七年ころから隣村の吉敷郡大道村にあった酒造場を居抜きで買い取り、酒造りをはじめていた。けれど生業は疎かにして、熱心だったのは文芸の方面だったようだ。

山頭火は曲りなりにも経営者であった。厄介なのは税金対策で、酒を仕込む段階で検査を受け、酒税は七、十、二、三月の四期に分けて納入しなければならない。納税前の帳簿の整理は気骨が折れる。そのことだけに没頭して、秋の夜長を費やしたというのだ。

掲出句は季感を〈夜ぞ長き〉と強調しながら、定型に収めている。いわゆる常民の生活を詠む一句だ。

釣瓶《つるべ》漏りの音断続す夜ぞ長き

初出は同前。井戸の水をくみ上げるため、滑車にかけた綱の先に釣瓶がつけてある。桶から漏れる水が、ぽつりぽつりと音をたて滴っているというのだ。

釣瓶といえば、生家の北東隅に建つ蔵の前に深井戸があった。その井戸に身を投げて母は死んだ。その記憶は強烈な印象として忘れられなかったのだろう。掲出句で詠んでいるのは、もちろん生家の釣瓶漏りではない。けれど、断続して聞こえる音に蘇るのは母の自殺した日の記憶である。

水滴は実際に耳で聞いた音だったか。秋が深まるにつれて、夜が長く感じられる。物思いに沈むこともあって母の死の記憶が甦り、幻聴としての釣瓶漏りの音であったかもしれない。

家格また炉開の事に見る悲し

明治四十四年、回覧雑誌「爐開」（十二月）に所収。寒くなって炉を使いはじめるのが炉開きである。掲出句は茶の湯で風炉の使用をやめて、地炉を使いはじめることをいう。炉を開くのは陰暦十月一日、または十月の初亥《い》の日だ。

ここでの焦点は家格、すなわち身分や家柄を推し量る基準を茶会に取りこんで考えていることだ。山頭火はもちろん、そういった俗な通念に荷担する気持ちはない。〈炉開の事〉とは茶会を催すにあたって、家格を云々することに対して〈悲し〉といっているのだ。

炉開きにもいろいろある。落葉を集めて焚き火をすることも炉開きと考えていた。

貧に処す炉開や森の落葉樹　田螺公

饒舌《ぜうぜつ》の悔《くひ》もあり闇の河豚汁《ふぐとじる》

初出は同前。闇汁は手当たりしだいに材料を入れて作る鍋料理。灯火を消して持参のものが何であるかを明かさないまま煮て食べる。箸でつまんだものは必ず食べなければならない。スリルのある遊びだが、フグを入れた闇汁となれば危険を伴う。

いったん箸をつけると食うことになる。いざとなると気後れして、かえって饒舌になるものだ。いや饒舌による天罰で毒フグを食う羽目に陥るかもしれない。そんな不安の心理を詠んだ一句であり、何れにしても、おしゃべりしすぎたことを悔やむのがおもしろい。

この頃の生活はかなりニヒリズムに毒されていて、ツルゲーネフの小説などに心酔。翻訳なども試みている。句作に熱中しながらも、「俳句の理想は俳句の滅亡である。物の目的は物そのもの、絶滅にあるといふことを、此場合に於て、殊に痛切に感ずる」(「青年」明治四十四年十二月)などと書く。

毒ありて活《い》く生命にや河豚汁《ふぐとじる》

明治四十五年、回覧雑誌「河豚」(一月)に所収。主体は山頭火であり、毒を呈して生きているのが自分だという。その毒は河豚汁を食って得たもので、けっして健康体ではない。ニヒルで投げ遣りな生き方を詠んだ句である。

芭蕉には「あら何ともなや昨日は過ぎて河豚汁」の句がある。フグを食べるのは相当に危険だという認識があっての作だ。「フグは食いたし命は惜しし」とは、芭蕉以前からいわれたことわざである。それでも食おうというのは、おいしさの魅力からだ。

河豚汁はフグの身を入れた味噌汁で、中毒をおこしやすい料理法だという。今は資格を持った料理人が、刺身を作ったあとの骨や頭などを鍋料理にする。

捨身たゞ名残るもの河豚と火酒とあり

初出は同前。仏教で捨身といえば修行や他者救済などのために、自身の命を捨てることである。自らの身勝手で命を絶つのとは意味が違う。さて掲出句は他者のためか身勝手の死か。〈たゞ名残るもの〉として河豚と火酒を挙げている。自棄になって死を早めるといった類の意味だろう。

フグを食って毒にあたり、焼酎をがぶ飲みして死を待つという魂胆だったか。少々時期は外れるが、大正三年二月号の「層雲」には「生の断片」と題する二十五のエピグラムを発表。その中には「生の浪費者は極めて真面目な人か、若くは極めて不真面な人である。そしてどちらも生の破産――死を宣告される！」と書いている。

壁書さらに「黙」の字ませり松の内

明治四十五年一月十八日、句友の山本国蔵あてのハガキにある一句。元旦の年賀ハガキには「復活を冒頭語／若水に醒む」と、気分を新たに立ち直ることを期している。けれど、どこかで泥酔してしまったか。発起人でもあった新年句会を無断で欠席したのである。

ハガキの文中に「目下は仙人チユウものになるつもりにて露を食ひ風を飲む修行を致し居り候」と書いている。失態のあとに謹慎していることを知らせようとした文面だが、ユーモアは忘れていない。句にも飄逸な味があって、〈壁書〉とは大袈裟すぎる。その誓いともいうべき語が〈「黙」の字〉というのがおもしろい。

その十日後には一切の文芸から当分の間は遠ざかる、と宣言。一面では思い込みの強い人であった。

病む児守る徒然を遠き凧も見て

明治四十五年新年、句会での作。長男の健を連れて散歩に出かけることもあった。まだ二歳半だから凧揚げに興ずることは出来なかったが、見て喜ぶ児であった。子煩悩な父親である。児は風邪でもひいたか出歩けない。その相手をしながら、所在なさに戸外の空に揚がる遥かな凧を見ていたという。

この時期の句は新傾向俳句への過渡期であり有季定型の作、内容もまた平凡である。〈遠き凧〉を見ながら思うことは幼い子供の行く末であった。当時の句に息子や近所の子らを詠む句も散見できて、ほのぼのとしたものを感じる。数句を挙げておこう。

子と遊ぶうら、木蓮数へては
種痘痒を泣く児隣りて裏田高蛙
指示す山々夕映えり青き踏む子等に
海見れば暢ぶ思ひ今日も子を連れて

野分海の遠鳴《とほなり》も徹夜読む床に

大正元年、回覧雑誌「野分」(十一月)に所収。徹夜して書を読んでいる寝床に、潮の遠鳴りが聞こえてきた。ふだんは気にならないが、野分きの強風で波音が高いから、という意。

種田酒造場の所在した大道は、佐波川の河口で支流の横曽根川の合流点から近く、そのまま大海湾へと流れ出ている。家族が住む母屋と酒造場は隣り合っており、海までの距離も数百メートルだ。海鳴りは珍らしくないが、気になりだすと心に引っかかる。

当時の山頭火は、新しい文芸の動向を探るのに熱心だった。東京から取り寄せる書籍も多く、定期購読の文学雑誌も相当の数であった。それを二つのグループに分類している。その一つは「スバル」「白樺」「三田文学」「劇と詩」「朱欒」であり、もう一方は「早稲田文学」「文章世界」「帝国文学」「新小説」と幅広い見識を示しているのは注目すべきことだ。後年には「早稲田文学」と「文章世界」に自作の俳句を掲載する時期もあった。

酒も断たん身は凩の吹くままに

大正元年、回覧雑誌「野分」（十一月）に所収。酒をやめて飲まないと決意するのは退っぴきならない事情があったのだろう。新年には一切の文芸活動から遠ざかると表明し、身心の状態は良くなかった。それがずっと尾を引いて、初冬のころまでも持ちきたしたのだろう。その原因は酒によるものと禁酒を誓ったか。

酒屋のおやじが好きな酒を禁じるというのは、並大抵な覚悟ではあるまい。健康上の害をいうなら、害毒を流す酒造場などを経営しておれない。あくまで個人的な理由で、酒が人間の正常な言動や良識を狂わせるのが問題なのである。そんなことは百も承知で、「飲んだくれが最も飲酒の害毒を知ってゐる」（「層雲」大正三年四月）と書いている。

春を病む我となん夜毎鳴く蛙

大正二年、回覧雑誌「蛙」（三月）に所収。蛙は二月ごろになると冬眠から目覚め、春から夏にかけてやかましく鳴く。特にうるさいのは夜毎の鳴き声である。それと同じに〈春を病む我〉も夜毎に鳴いているというのだ。

同年二月に発行の回覧雑誌「梅」には「病床の梅散りぬ何待つとなく」の作が見える。病床とあるからには、明らかに病人として寝ているわけだ。長引いて蛙が鳴く時期になっても、回復する見込みが付かなかったのだろう。

回覧雑誌は気心が知れた仲間が毎月定期的に原稿を集め、綴った一冊を回覧して各自の評を思い思いに書き込んでゆく。雑誌「梅」には同人の一人が「田螺公の行衛不明は実にあてにならない、何時ひよつくりと出て来ないでもない」と記している。田螺公とは旧号で、同じ号に「病みぬれば野獣の如き我もまた物恋ひしさに涙ぐむかな」の一首を載せている。

旧号の田螺公をやめて俳号も山頭火と改めたのは大正二年三月であった。病気を機に、新たに期するものがあったのだろう。

不安夜すがら懐かしむ梅雨の異な虫も

大正二年、回覧雑誌「梅雨」（六月）に所収。夜すがらは一晩中の意。気がかりなことがあり、終夜眠れなかったのだろう。そんな時にはじめじめとした梅雨どきに出る特有な怪しい虫にも親しみを感じ、近くに置いておきたい、と異常に神経をつのらせている。

不安とは哲学的にいえば、人間存在の根底にある虚無からくる危機的気分である。彼はやがて参加する「層雲」誌上に多くのエピグラムを発表するが、その一つを紹介しておこう。

「恐ろしいものが懐かしくなり、嫌なものが好きになるといふ事実は何といふ辛辣な自然の皮肉だらう！」（「層雲」大正三年二月）

今日も事なく暮るゝなり物臭は蟬鳴いて

大正二年、回覧雑誌「蟬」（七月）に所収。前書に「我は大正の物臭太郎也」と付けている。

室町期に成立の御伽草子に出てくる男だ。無類の無精者であったが、歌才によってとんとん拍子に立身出世する成功談である。自分をそんな男に例えてみるが、今日は何事も変わったことがなかったという。それでもなお期待して物臭でいようと、少々痩せ我慢を感じさせる句だ。

句は定型から外れ、字数としては〈蟬鳴いて〉が余分だ。倒置を元に戻して「物臭は今日は事なく暮るゝなり」とすれば五・七・五に収まる。そうしたくないから工夫したのが掲出句だろう。しかし、もたもたした感じだ。いわば過渡期の作品であり、心境も「此の節は無頓着で酒や女に耽溺して御蔭で首が廻らぬのに閉口します」とも書いている。

今日も事なし凩に酒量るのみ

大正三年、「層雲」（三月号）に掲載。先にも書いた物臭太郎を意識するのは、現在に満足しておらず、どんでん返しを期待しているからだ。〈今日も事なし〉とは現状が何も変わっていないことである。変革を望む人にとって、満足できることではない。無事ではあるが、酒屋のおやじとなって量り売りの酒番をしているのは虚しい気分だろう。〈凩に〉の措辞もよい情況でないことを示す。

事実、彼が店番をして酒を量り売りしていたことは私も取材して聞いている。そのころ何を考えていたか。「層雲」（大正三年四月）に載せたエピグラムには「彼に缺陥があつたがために、彼は益々偉大になつた」とか「米を食つては酔はないが、米の汁を飲めば酔ふ」などと書いている。事なしの日常を肯定してはいなかった。

酒樽洗ふ夕明り鵙がけたゝまし

大正三年、「層雲」（十二月）に掲載。酒を売るだけの店番だけでなく、酒造場にあるでっかい酒樽を洗うこともあったようだ。「鵙猛《もずたけ》る」といえば秋の季語だが、〈けたゝまし〉というのも同じような場面だろう。夕暮れになって、なお残るほの明るさの中で作業をしている。そんなときに鳴く鵙の声によって、覚醒するものがあったのだろうか。

当時、彼は家業とする酒造りにも程々労したが、それ以上に情熱を傾けたのは雑誌作りであった。それも一人で原稿を書き、編集もする個人雑誌である。「郷土」と題して大正二年八月に創刊、編集後記には「編輯から発送まで、殆ど一切の事務を私一人で処理するのですから、仲々思ふやうに手が届きません。殊に私は可なり多忙な職業を抱へてゐます。私は店番をしつゝ、本誌を編むのです」と書いている。

円い月がぽかと出て対岸灯し初めし

大正三年、「層雲」(十一月)に掲載。山頭火らしい擬声語を使って夕暮れどきの気分を詠んでいる。〈ぽかと〉は満月ごろの月を形容しており、いきなりという感じだ。

瀬戸内は多島海で入り組んでいる。住んでいる家から数分も歩けば海だ。〈対岸〉とは佐波川の河口に隔てられた向こう岸だろう。月の出とともに山陰《やまかげ》の家々は明かりをつけはじめる。同じころに「踊太鼓夕誘ふ海のあなたより」とも詠む。掲出句は視覚的だが、この句は聴覚的である。

師である荻原井泉水は十月二十七日から数日間を山口県に遊ぶ。山頭火らが催す句会にも出席している。季題廃止を宣言した年で、山頭火らも季語に束縛されない句を模索しはじめる時期であった。

沈み行く夜の底へ底へ時雨落つ

大正四年、「層雲」(二月)に掲載。「落日に面して」と題した十九句中の一句である。〈時雨〉は初冬のころに、一時強まった風に乗り、急にぱらぱらと降っては通り過ぎてゆく雨だ。季題趣味的にいえば、掲出句でいう〈時雨〉は本意から外れている。ずいぶんと重いものだ。

初五の〈沈み行く〉とは夜のことか。否、そこで切れていて、「夜」にかかるのでなく自身の不安な心理状態を表現したかったのだろう。不眠症に悩まされていたか。それをいかに表現するかに腐心して、象徴的表現に関心を寄せている。夜の底へと落ちてゆく時雨に、自身の気持ちも沈んでいったというのだ。

そのころ読んだ中村星湖や片上伸の論文に触発され、「俳句に於ける象徴的表現」（「樹」大正三年十二月）というエッセイを書いている。その見識を窺うためにも一部を引用してみよう。

「象徴（symbol）が符号（sign）と同じ意味であつた時代は既に過ぎて了つた。象徴は生命の刹那的燃焼の表現を外にして自己を全力的に表現し得ないのである。（中略）そして文芸に於ては詩、殊に俳句は性質上又形式上かくの如き境地をかくの如き方式によつて表現せざるを得ないのである。」

独り飲む我に大鏡寒う照れり

初出は同前。独酌の自分の姿を、大鏡が寒々とずっと照らし続けているの意。ここでの〈大鏡〉は何だろうか。鏡は光の反射を利用して形や姿を映して見る道具である。形が鏡に似ていることから酒樽の蓋を鏡ともいう。「鏡を抜く」などの用例もあるが、これを酒杯として一人で飲んでいたか。

大きな杯に酒を満たせば表面は鏡となって、飲むたびごとに顔が映る。酔うほどに自分で自分の正体を無くしてゆく姿を確認していったのではないか。

図らずも酒杯として大鏡に映る自分を見たのであろうが、これは山頭火得意の象徴的表現でもあった。「層雲」（大正四年七月）の句評においては、「単に印象を印象として表白することだけでは満足することが出来ないやうになりました。印象に即して印象の奥を探り、そこに秘められた或る物を暗示しなければならないと信じてゐます。そしてそこから象徴詩として俳句が生れると信じてゐます」と書いている。

　　大きな鳥の羽ばたきに月は落ちんとす
　　雪空ゆるがして鴨らが白みゆく海へ

初出は同前。前書に「一夜、事ありて夜もすがら歩く　二句」と付している。どんな事かは不明だが、一家を揺るがす出来事はしょっちゅう起こっていたといってよい。それを彼流の象徴的表現で詠んだのが掲出句である。単なる叙景でないことだけは確かなこと。

前者の句は、鳥の羽ばたきによって月が今にも落ちかかっている、というのだ。後者は鴫の羽ばたきで空を揺るがすという。写実でいえば有り得ないことだ。が、ここで突飛な論を紹介しておきたい。量子力学的自然観によれば、ブラジルで蝶が羽ばたくとテキサスで大竜巻が起こる。宇宙創生期のビッグバンは極度に小さなところから、量子論的揺動によってはじまったという。

こういったカオス論まで持ち出すこともなかろうが、山頭火が表現したかったことは俳句における象徴であった。見えるままの自然だけでなく、その奥に秘めたものの探求であったというべきだろう。

風がはた〳〵窓うつに覚めて酒恋し

大正四年、「層雲」（五月）に掲載。窓を打つ風の音を、何かに急かされているように〈はた〳〵〉と表現している。遣り過ごして寝ておれなかったのだろう。眠れなくなって〈酒恋し〉の気持ちは分るけれど、さっそく起きだし一人で飲みはじめている。そのときの連作を挙げてみよう。

独り飲みをれば夜風騒がしう家をめぐれり
風は気ま、に海へ吹く夜半の一人かな
白みゆく空風もなく海は湛へたり

飲みはじめると一杯というわけにいかないらしい。〈白みゆく空〉に時間の経過を示し、〈風もなく〉と変化を表現。が独酌で朝まで飲むとは、個人的には遣り切れなさがあるからだ。「泣いて飲むな、笑うて飲め。独りで飲むな、肩を並べて飲め。飲んでも酔ひ得ないやうな酒を飲むな、味ふうちに酔ふやうな酒を飲め。苦い酒を飲むな、甘い酒を飲め」（「層雲」大正四年四月）と書いているが、実生活とは裏腹であった。

闇の奥に火が燃えて凸《デコ》凹《ボコ》の道を来ぬ

大正四年、「層雲」（六月）に掲載。二年後には末尾の〈を来ぬ〉を省き体言止めとして余情、余韻をもたせている。よくやる改作だ。凸凹の道は平坦でないから歩くのに難渋する。その先は暗闇で、闇の奥には火が燃えているという。どんな火だろうか。

昔話の世界では異界の鬼たちが焚き火を囲んで、酒宴を催している場面がよく出てくる。一家団欒の中に燃やしている火ではない。たとえば「こぶ取り爺《じじい》」では、鬼と一緒に踊って思いがけない幸福を得る爺と、失敗する爺が登場する。

同時期に書くアフォリズムでは「地獄に堕ちた男――地獄に堕ちたほどの男は地獄の火にも焼かれないであらう。そして地獄の火の力を奪ひ取るであらう」(「層雲」大正五年五月)と威勢がよい。そして地獄の火の力を奪い取るために、凸凹の道を歩むというのだ。

燕来ては並びもあへず風に散るかな

大正四年、「層雲」(八月)に掲載。前書に「病余」とある二句のうちの一。同時期には「熱ある日」と前書を付けている句も作っているから、体調を崩していたのだろう。掲出句と同じ号には「私の新緑病もすつかり快くなりました」との消息があるから、一種のノイローゼだったのか。燕がやって来て大空に飛翔するようになると、病の方も快方に向かったのだろう。

燕が電線にずっと並んで止まっているのは、よく見かける光景だ。秋になって南方に帰るころにはよくあるが、巣を営み子を育てている時期にゆっくり休んでいる暇はない、小休止のために止まることはあっても、〈並びもあへず〉だ。そして風に吹き散らされるかに飛んでゆく。ダイナミックなさまを活写している。それに情を込めて〈かな〉の措辞で詠嘆した。

一日物いはず海にむかへば潮満ちて来ぬ

大正四年、「層雲」（九月）に掲載。一日中、ことばを発しなかったという。話する相手がいなかったからではなかろう。口をききたくなかったからだ。とすると煩わしい人間関係を嫌って、自分の中に沈潜していたかったのか。当時の彼の黙想といえば「人生は自己征服に始まって自己征服に終る」とか「独りで黙つて働け」（「層雲」七月）で、協調性には欠けている。黙した一日が過ぎ、近くに海の見えるところまで来て佇んだ。折から潮が満ちて来て、頑なになった心をほぐしてくれる。それほどに海は大きく、自分を抱み込む。温かい懐にいだかれたような安堵を感じての作である。

叫ぶ男あり夜潮ゆらめくのみの暗さ

大正四年、「層雲」（十月）に掲載。この時期、海を詠んだ句が多い。酒造場を営む大道の自家から海が近かったせいもあるが、彼の内面生活の中で象徴的な意味でも海は重要なテーマであった。

掲出句は真っ暗闇の中に、潮のゆらめくのが見えるのみの海である。この海は限りない苦痛を秘めて揺らぎ、その中に揺らいでいるのは自分の心かとも錯覚するのであった。ここで少々飛躍するが、「層雲」(大正四年四月)に載せたエッセイ「弱者の手帳より」では「苦痛の底には闇の力がある。その闇の力を握れ、闇の力を握つた人はおのづから苦痛の福音を宣伝せずにはゐられない」と書く。

福音とはイエスが十字架上の死と復活を通して啓示された救いの教えだが、これを転じて苦痛の福音を宣伝する男がいる。掲出句においては、それが〈叫ぶ男〉であった。

夢深き女に猫が背伸びせり

大正五年、「層雲」(三月)に掲載。ここに詠む〈女〉は誰だろうか。単に眠っている女といわず、〈夢深き女〉と内面にまで踏み込んだ象徴的な表現に特色がある。

彼の書くエピグラムの一つに「理解なき夫婦ほど悲惨《みじめ》なものはない、理解し得ざる親子は別居することも出来るが、理解なき夫婦は同じ床に眠つて別々の夢を繰り返さなければならない!」と記す。あるいは同床異夢の妻に対して、猫が背伸びをしたというのだ。

特に〈夢深き女に猫が〉と何かいわくありげな表現だが、眠れない彼とよく眠っている妻との間に割り込んで、猫が背伸びしたのだ。その仕種に亀裂を感ぜざるを得ない一句のように思える。どうだろうか。

浪の音聞きつゝ遠く別れ来し

大正五年、「層雲」(五月)に掲載。種田酒造場の経営が行きづまり破産した。そのときの苦境が背景にある一句だ。〈浪の音〉は住んでいた家に居ても聞こえる浪の音であった。それを聞きつつ、一家は離散しなければならなかったという。父は早めに行方をくらまし、老齢の祖母は親戚に身を寄せた。

山頭火は三十四歳、あるいは一念発起で新天地を求め、妻子を連れて熊本へ移住。妻のサキノは二十七歳、長男の健は六歳であった。

そのころの心境は例のエピグラムに「『物みな我れに可ならざるなし』――涙の底の微笑である。憎み尽したところに湧く愛である。――一切を否定したポウロであればこそ、一切を肯定し得たのである」(「層雲」大正五年六月)と書く。ポウロは初期のキリスト教の伝道者パウロ。はじめはキリスト教徒を迫害するが、のち回心して異邦人に福音を伝え、各地に教会を設立した。

雪かぎりなしぬかづけば雪ふりしきる

大正五年、「層雲」（六月）に掲載。雪が小止みなく降り続けているのである。それも視界不良で先が見えないほどに盛んに降っているのだ。降り積もった雪の中では、歩くにも難渋する。どうにも手の施しようがないときはどうするか。神仏に祈るよりほかない。そんな心境を詠んだ一句だ。

〈ぬかづけば〉はひたいを地面につけて礼拝したのだ。それでも雪は一層激しく降るのであった。ついには破産して故郷を追われることになるのだが、そんな窮状が背景にあっての作である。「寂しき春　十一句」中の一つで、実際に降る雪を詠んだ写生句ではなく、〈雪〉は胸中に降る苦悩の象徴であろう。同時作には次の一句、

燕とびかふ空しみ〴〵と家出かな

エピソード　〔妻を詠む短歌〕

山頭火は妻のサキノをどう思っていたのだろうか。結婚は親同士が取り決めたことで、当事者である二人の間に恋愛感情は薄かった。そのせいで新婚早々から外に出かけて飲み歩き、妻を顧みることは少なかったようだ。だが内心では慚愧の気持ちもあったらしく、次のような短歌を詠んでいる。

美しき人を泣かして酒飲みて調子ばづれのステヽコ踊る

妻サキノは評判の美人といわれていた。それを認めていたようだが、不良な素行は治まっていない。

暮るゝ待ちて人眼忍びて色街へ急ぎし頃よ安かりしかな

結婚したからといって、がらりと生活習慣まで変えるのは沽券に関わるとでも思ったのか。想変わらず家に居着こうとしなかった。といって見栄を張っても出掛けた先でちやほやされず、実際のところは楽しくなかったようだ。

旅籠屋の二階にまろび一枚の新聞よみて一夜をあかす

酒飲めど酔ひえぬ人はただ一人欄干つかみて遠き雲みる

熊本・東京

父子《おやこ》ふたり水をながめつ今日も暮れゆく

大正五年、「層雲」（七月）に掲載。種田家はかなりの資産家であったが、父子で食い潰したというのが専らの評判であった。掲出句における〈父子〉は次の代の山頭火と長男健のことで、倒産後の熊本での作である。このとき山頭火は三十四歳、健は六歳になっていた。

私は健さんと電話で話したことがある。そのとき「おやじが寂しかったのは当たり前だが、それ以上に俺の方が寂しかった」と言われるのを印象深く聞いた。幼いときから父の孤独を身近に感じていた人だ、と直感的に察したのを思い出す。

山頭火は健を連れてよく散歩に出かけている。俳句に多く詠んでいるのでも分り、ほほえましい。が〈今日も〉とあるから、いつものごとくつれづれを二人で水を眺めながら過ごしたというのだ。いかにも沈んだ佇まいである。同時作に、

われとわが子と顔うつす水の噴きつきず
あふれては逝く水に顔をならべけり

さゝやかな店をひらきぬ桐青し

大正五年、「層雲」(八月)に掲載。酒造場の経営が行きづまり、夜逃げ同然で妻子を連れて熊本市へと移住。「層雲」(六月)の編輯雑記には「山頭火氏は熊本に転居せられた。いまは同市下通町一丁目百十七番地に居られるが、近い中に家を求めて新しい店を始められる計画中ださうである」とある。翌七月号には前記の住所で「店を初められた、店の名を雅楽多書房と云ふ」と告知している。

掲出句は小さな古本屋を開いての思いを叙したもの。そこに込める意欲は薄く、句も平板である。この期にしては珍しく、有季定型で作っているのも気になるところ。もともと定型から出発した人だから、気が緩むと定型句になってしまう、と感想を漏らすこともあった。

知り合いも数少ない他郷での商売である。今までのような身勝手は許されない。彼としては萎縮する気持ちもあっての作であろうか。

蛙さびしみわが行く道のはてもなし

大正五年、「層雲」（九月）に掲載。蛙が鳴くのにも心細く、寂しく思う。というのも、前途に見通しがつかない不安からだ。そういう意の一句で、かなり苦しい胸の内を吐露している。

改めて〈わが行く道〉を問うならば、それは文芸での立身だったろう。彼が熊本を選んだのは、文芸仲間のつてを頼ったからともいわれている。当時、熊本からは「白川及新市街」という雑誌が出ており、中心的存在であった兼崎地橙孫とは以前から親しく付き合っていた。あるいは彼を通じて活路を見出そうとしたのだろうが、頼りとしていた地橙孫は第五高等学校から大学進学のため京都へと去っている。山頭火は落胆しながらも、当地の俳壇を窺うが、そこにも期待するものはなかった。その憤懣を師の井泉水には「俳人に思想を持たないものが多いには驚きます、作を通して見たよりもいつも会つた方が詰りません、俳壇にはハムレットもをらずドンキホーテもをらず、モツブばかりであります」（大正五年八月頃）と手紙を出している。

更けてひそかに水汲めば月の影ある

大正六年、「層雲」（一月）に掲載。水を汲んでいるのは誰だろう。夜更け、真夜中に近くなって、戸外で人に知られないようにこっそり水を汲んでいるのは山頭火だろう。酒に酔ったあとに飲む水だ。汲んだ柄杓の水か桶の水かは分らないが、水面に月が映っていたというのだ。

その頃は手元不如意で、大っぴらに酒が飲める生活ではなかった。けれど飲まずにはいられない。久しぶりに酔っぱらったのだろうが、妻や子供に気兼ねがあっての作である。掲出句と同じ号の「層雲」には、そのころの境遇を次のように書く。

「貧乏は或る一つの罪悪であるかも知れない。しかし現在の社会制度に於ては——少くとも現在の私の境遇にあっては、それは恥づべきことでもなければ誇るべきことでもない、不幸でもなければ幸福でもない、否、寧ろ幸福であるといへやう。私は『貧乏』によって、肉体的にさへも二つの幸福を与へられた。一つは禁酒であり、他の一つは飯を甘く食べることである。そして私は貧乏であることによつて益々人間的になり得るらしく信じてゐる。」

警察署庭木ひそかな葉を降らす

初出は同前。ちょうど一年前には「乞食ゆき巡査ゆき柳ちるなり」という句を作っている。後年には世間の埒外に出て、乞食とも呼ばれる境遇となり「巡査が威張る春風が吹く」(昭和七年)などの作も。戦前の巡査は威張るもので、一般庶民にとって警察署は敬遠すべき場所であった。

掲出句に対して、師の井泉水は「警察署といふやうな無気味なもの、殺風景なものが、此の透徹した観照に依つて芸術的に摂取されてゐるのは面白い」と指摘。たしかに警察署は俳句の素材になりにくい。ところでそこの庭木に目をやれば、警察署で扱っている社会の諸問題と直接に関係はない。けれどもひそかに降る木の葉の声に耳を傾ければ、何か解決の糸口がありそうな自然の声が聞かれる気がするというのだ。

青空のした木にのぼる人ありけり

大正六年、「層雲」（二月）に掲載。青く晴れた好天の日に、高い木に登れば見晴らしがきく。けれど高ければ高いほど危険も増す。ことわざには「高きに登るにはひくきよりす」とある。事を行う場合には、手近なところから順序を追って着実にやるべきだという教えだ。

句末の〈けり〉は人から伝聞したことを回想する意味だ。彼は当時の地道な実生活をよしとしていたのだろう。同誌五月号の通信欄には「熊本より」として次のような一文を寄せている。

「我らの路はたゞ一筋であります。そしてより善き生活を求めつゝある我らは歩々に我らの句を生みつゝ進まなければなりません。私も及ばずながら、私の生活をより強く、より深くすることによつて——たゞさうすることのみによつてより強い、より深い句を生みたいと考え且つ努力してをります。」

デカダンからは足を洗い、まともな生活を望んでいるかに思える一句である。さてどうなのか。

ひとりとなれば仰がる、空の青さかな

店しまふわれのみに月の木影かな

初出は同前。まだこの時期は彼が中心になって店を切り盛りしていたらしい。「急いで店の掃除をする。手と足とを出来るだけ動かす、とやかくするうちに飯の仕度が出来たので、親子三人が膳の前に並ぶ」（「層雲」大正六年一月）と朝飯前後の様子を述べ、「私のやうなものでも、いくらか善良な夫となり、慈愛ある父となる」と書いている。最後に店をしまうのも彼の日課であった。商売は順調だったのだろうか。はじめは古本屋であったが、仕入れの方がうまくいかない。もう古書はやめ、主に絵葉書やブロマイド、額縁を売る店になっていた。客は子供や女学生である。しっくりいかない物足りなさがあった。

掲出句にも不満の気持ちが詠まれている。〈われのみに〉と妻には分らない寂しさがあり、払いがたい〈月の木影〉がおおっているという。

いさかへる夫婦に夜蜘蛛さがりけり

大正六年、「層雲」（七月）に掲出。生まれた在所を追われ、言わば孤立無援の他郷である。そんなときは苦境を脱するために、家族は一致して協力できる。当面は小さな古書店を開いて、食うために努力した。やがて棚の商品を古書から絵葉書やブロマイド、額縁に切り替えて、どうにか商売をやっていける見通しがつく。それにつれ中心も妻の方に移り、山頭火は無用の存在となっていった。

かつてのデカダンが頭をもたげはじめたのだろう。〈いさかへる夫婦〉とは山頭火と妻のこと。険相な二人の間に、夜の蜘蛛がぶら下がったというのだ。

蜘蛛は地方によってさまざまな呼称や俗信がある。九州では「コブ」といい、朝の蜘蛛をめでたい前兆として「ヨロコブ」と呼ぶ。一方、夜の蜘蛛は縁起が悪く、親に似ていても殺せというほどに嫌う。

夜蜘蛛を出しながら詠む掲出句は、相当に険悪な夫婦仲を暗示している。「泣く子叱る親の声暗き家かな」の作も。

若葉若葉かゞやけば物みなよろし

初出は同前。夫婦仲はかなり悪いときもあったが、みずから反省するところもあった。「層雲」（八月）の「誌友通信」欄には、街に出て青葉や働いている人々を見つめているうちに「涙が出るほど感じました」と書き、掲出句を得たという。

句末の〈よろし〉の語に言及し、「その時の心持をしつくり現はしてをりませんけれど、どうも他に適当な言葉を見出しません、ポーロの所謂『物みな我れに可ならずなし』といつたやうな意味で、感謝と讃美との至情であります、一切を肯定していつくしみ育てたいと思ふ心でありますと心情を述べている。

文中の「ポーロ」については67頁を参照されたし。山頭火は一時期、熱心に新約聖書を読み、熊本から東京へ出て行くとき、それを妻に与えたという。

焼跡あるく女の背の子泣きやまぬ

大正六年、「層雲」（八月）に掲載。同時に発表の「入日まともに人の家焼けてくづれぬ」と詠んだ句があり、掲出句は翌日のものか。丸焼けになった家の焼け跡に、被災者の女性が呆然と立ち尽している。背に負ぶっている赤ん坊は、いつまでも泣きやまない。なんとも痛ましい様子を詠む一句だ。

山頭火には火事で罹災の経験はない。けれど妙に気にかかるのは〈焼跡をあるく女〉である。このときオーバーラップしてくるのが、自殺した母の姿ではなかったか。彼は不幸だった母のことをほとんど語らなかった。克明な多量の日記を遺しているが、母についての思い出は「母に罪はない、誰にも罪はない、悪いといへばみんなが悪いのだ」くらいのつぶやきが散見できる程度だ。といって胸には重荷を背負っていて、終生忘れることはなかった。

掲出の一句も他人事ではない思いがある。あるいは〈背の子〉に、自身の境遇を重ね合わせて詠んでいるのではなかったか。

わが路遠く山に入る山のみどりかな

大正六年八月、熊本市の白光会（「層雲」支部）における入選句。山頭火の考える〈わが路〉とはどんな路だったか。後年になっての出家得度後は、精神的に極める意での「道」を想定することが多かった。けれどこの時代には実生活を営んでおり、〈路〉といっても功利的な意味合いを含む。

どうも他郷での人間関係に馴染めなかった。となれば、人との交わりを絶ち自然に親しむのも一つの方法だろう。熊本市内の街路樹は気に入っていたが、それ以上に憧れるのは遙かなる山のみどりだった。そのころ句友の松垣昧々には次のような手紙を出している。

「私は此頃或る事情のため心身が荒んでをりますので、何事も思ふやうに出来ません、(中略)熊本は私にとつて悲しい土地となりました、私は都合よく運べば上京するやうになるかも解りません、上京したつて何も出来ますまいけれど、熊本にゐるよりはもうすこし意義ある仕事をなし遂げたいと考へてをります、しかし現在の事情では当分熊本の砂ぼこりにまみれてあえいでゐる外ありますまい」(大正六年九月九日)

飯の白さの梅干の赤さたふとけれ

大正七年、「層雲」(四月)に掲載。食生活において最も単純化したものといえば、白い飯と赤い梅干しだろう。典型的なのは御飯のまん中に梅干しを一個だけ入れたのが日の丸弁当。簡素な一食分であるが、贅沢をしていると理解できない御飯の味わい深さである。

同時作に「飯のあたたかさ手より手へわたされたり」とも詠み、家庭における温かさにも浸っている。他郷にあって寄る辺なき身を省みるとき、はじめて気づいたのが飯の味であったか。それは家庭での幸せを象徴するものであり、山頭火にも時に安らぎを感じるときがあっての作である。

先にも引用した文であるが、彼が貧乏によって得たものは「飯を甘く食べること」だったという。そして「若し貧乏に哲学が在るとすれば、それは『微笑の哲学』でなければならない！」と書いている。

ふる郷の小鳥啼く一木撫でてみる

大正七年、「層雲」（四月）に掲載。野鳥の繁殖期は春から初夏にかけてである。この期間に耳にする雄の縄張宣言と、雌への呼びかけを兼ねた啼き声を「囀《さえずり》」という。雌雄が交尾する時節でもあり、「鳥交《さか》る」と表現する。それは季語によって季節を典型化したものだが、掲出句においては〈ふる郷〉と限定した小鳥のさえずりに感銘深いものがあったのだろう。

彼にとっての〈ふる郷〉への思いは複雑なものがあった。けれど久しぶりに帰郷して聞く小鳥の声は、詩心を掻き立てたのだろう。これを実感するためには、どうするのがよいのか。小鳥が啼いている木を、図らずも愛おしい気持ちで撫でてみたというのだ。

「層雲」（大正七年三月）の消息欄には「郷里、山口県下へ帰省せられ、椋鳥会同人と会合せられたさうである」と記す。そのときの作であろう。

鳥よこち向けさびしいこころうたはうぞ

大正七年、「層雲」（八月）に掲載。詩歌において自然美を形成する代表的な景物の一つが鳥である。もちろん山頭火にも鳥を詠んだ句は多い。特に自分に仮託して、鳥がうたうことに注目する。たとえば「層雲」（大正五年六月）に載せたエピグラムでは次のように書く。

「わが胸の小鳥はわが胸の沙漠に巣くうてゐる。わが胸の小鳥よ、せめて沙漠の歌でもうたへ。」

この一文を参照すれば、〈鳥よこち向け〉と呼びかけた鳥はどこにいるのか。戸外に囀る鳥だけに限定する必要はなく、むしろ胸中に潜む鳥であろう。歌とは言葉に旋律やリズムをつけて声に出すもの。そのことを念頭に〈こころ〉のうたを喚起する。

泣いて戻りし子には明るきわが家の灯

初出は同前。明るく〈わが家の灯〉をともしているのは、父である山頭火だろうか。長男の健に対しては、父として有るべき姿勢を示そうと努力した。当時、熊本市内下通りで店を開いていた彼のところに、よく立ち寄った茂森唯士は次のように回想する。

「俳句や短歌について、生活の問題について、或は世事一般について一定の批判とすぐれた常識を彼がそなえていたことが、熊本の当時の仲間たちから得られないものを私に与えてくれ、よく下通町の『雅楽多』をたずねては狭い店さきで長いこと話しこんだものである。」

貴重な証言である。そのころは五高の事務職員で、後に上京してジャーナリストとして活躍した人だ。私は生前、しばしば会って山頭火の思い出話を聞いている。山頭火はときに酔っぱらうことはあったが、子煩悩な一面もあったという。

鴉一羽ながるる水を見つめて啼かず

大正七年、「中外日報」(五月)に掲載。山頭火は自分自身のことを〈鴉〉になぞらえて詠むことが多い。その鳴き声には特色があり、嫌な声で鳴くとかならず死人が出るという俗信がある。一方では山の神のお使いとされており、孤高な存在とも考えられていた。

掲出句で詠むのは啼かない一羽の鴉である。これは何を象徴するか。たいていは凶兆の表象とされるが、それを浄化するのは流れる水だ。水を見つめながら、一羽の鴉に象徴化した自身の内部を見つめているのであろう。「鴉けふも啼きさわぎ雲のみだりけり」はちょうど二年前の作。これと比較するなら、掲出句における内省の深さが理解できるのではあるまいか。

たまさかに飲む酒の音さびしかり

大正七年、防府椋鳥会での作。久方ぶりに帰郷し、かつて中心的メンバーで活躍した句会に出席しての作である。旧交を温めて酒も飲んだのだろう。〈たまさか〉はたまたま、まれにの意。破産し他郷へと逃れた後は、酒を飲むのも思いのままにならなかったか。〈たまさかに飲む酒〉だから嬉しいのではと思うが、飲む音に侘びしさを感じたというのも分る。複雑な心境を反映しての作だろう。

山頭火にとって酒は憂いの玉箒《たまばはき》ともいえるものだった。もし酒がなかったなら、自分は生きておれなかった、とたびたび回想している。自殺したい気持ちを紛らわしてくれたのが酒であった。そういう自覚があってみれば、音をたてて飲む酒は惨めたらしい、けっして楽しい酒ではなかったのである。そのころの作に、

大きな蝶を殺したり真夜中

大きな蝶は何を表象したものか。ときに禁酒を誓うこともあり、当時の荒んだ心象を詠んだ作とも考えられる。

またあふまじき弟にわかれ泥濘《ぬかるみ》ありく

大正七年、「層雲」（九月）に掲載。弟とは五つ年下の二郎である。母が自死して間もない六歳の時に、他家の養嗣子として出されていた。種田家の破産の際には養家先にも迷惑をかけたことで、二郎は離縁となり、一時は熊本の山頭火のところに身を寄せていたようだ。その弟が現在の岩国市の山中で首吊り自殺したのである。

遺書には「醜体御発見の方は後日何卒左記の実兄の所へ御報知下され候はゞ忝《かたじけな》く奉り候」と記されていた。悲報は早速、山頭火のもとに届けられる。彼は屍体を引き取るために駆け付けた。

掲出句は後始末を終えてのちに詠んだものだ。泥濘はただのぬかるみではなく、遣る瀬ない気持ちの泥濘でもあった。あるいは哀悼には和歌がふさわしく、次のような挽歌も詠んでいる。

噫《ああ》　亡き弟よ
今はただ死ぬるばかりと手を合せ山のみどりに見入りたりけむ

一すぢの煙悲しや日輪しづむ

大正七年、伊予松山の野村朱鱗洞追悼句会に送付の一句。荼毘に付す煙が〈一すぢの煙〉である。そして日輪は朱鱗洞のことを指す。互いに才能を認め合った句友であり、彼の斡旋で山頭火も「海南新聞」（現「愛媛新聞」）に句を掲載してもらうこともあった。大正七年十月三十一日にスペイン風邪によって二十六歳の若さで急逝した友を、〈日輪しづむ〉と心から悲しみ嘆いているのだ。追悼句会は十二月二十三日に催され、その様子は「層雲」（大正八年三月）の通信欄に載っている。

その一文には「『層雲』の選者として、松山地方の新しき俳壇の先覚者として、我々の敬愛措かざる朱鱗洞氏を失つた事は実に痛恨事であります」と書き、地元俳人十人のほか、各地の同人が追悼句を寄せている。その中には、後にプロレタリア俳句を推進する栗林一石路らの句があるのが珍しい。

人の世淋しや月一つまつたく高く　一石路

けふのはじまりの汽笛長う鳴るかな

大正八年三月三十日、句友である木村緑平あてのハガキの中に記す一句。そのころの山頭火は店の方を妻に任せて、自分は額縁の行商であちこち出歩いていた。〈けふのはじまり〉とは汽車に乗るために駅まで行ったのだろうか。機関車の汽笛が特に長く鳴るはずはないが、気持ちの上で長く聞こえたのだろう。

緑平は福岡県大牟田の病院に勤める医者であり、「層雲」同人だった。ハガキの時点ではまだ実際には会ったことがない。「此春は御地方へも商売旁々参りたいと思つてゐますが、どうなりませうか、何しろ御想像以上の生活ですから……」と書いている。

住んでいる熊本で特に親しかった茂森唯士や、五高の学生だった短歌仲間の工藤好美らは年度替わりを機に上京してしまった。どこか心に空洞を感じていて、汽車の汽笛にも気を引かれるものがあったのだろう。新たな友を求めたく、遥かなるものを望んでいた。

焚火よく燃えふる郷のことおもふ

大正八年十二月五日、山口県熊毛に住む句友の河村義介に出したハガキの中に記している一句。差し出しの住所が早稲田大学に程近い東京市外戸塚となっている。十一月二十日にはほかの句友に熊本の店から出したハガキがあるから、上京して間もなくのことだろう。学生時代は東京に住んでいたから戸惑うことはなかったろうが、たちまちの生活費には困窮する状態であった。

山頭火は三十七歳になっている。確たる目当てもなく、他郷に妻子を残したまま単身で東京に出てきたのだ。気掛りといえば、そのとおりである。〈ふる郷〉というのは妻子が住む熊本のことだ。独りの身を養うのにも窮しているのに、他の面倒までは見られない。心細さはつのるばかりだが、たちまち戸外で燃やしている焚火によって救われたような気持ちになったのだろう。それは一時の暖かさであり、家庭での温かさを懐かしんでの作である。

労れて戻る夜の角のいつものポストよ
赤きポストに都会の埃風吹けり

大正九年、「層雲」（一月）に「紅塵」と題して掲載した十四句中の二句。同誌の前月号の消息欄には「東京市セメント試験場に入らる」とあるから、働く場を得ての作であろう。仕事は屋外で篩《ふるい》を使って砂と小石をより分ける肉体労働であった。どこまでも単調な作業であり、まったく面白味はない。それを毎日に繰り返すうちに都会での夢は弊えて疲れるばかりだった。そんな憂鬱を、〈ポスト〉に言寄せて詠んでいる。鉄製の円筒形で赤いポストは明治四十一年以来で、定められた所に動かず立っているのだ。

郵便物をポストに投函すれば、宛名の受取人に届けられる。その意味では妻や句友たちとを媒介するものであり、愛おしい存在でもあった。それに向かっても都会の埃風は容赦なく吹けり、と詠んでいる。

蝶ひとつ飛べども飛べども石原なり

初出は同前。当時、彼は東京市セメント試験所のアルバイト作業員だった。セメントの歴史は紀元前にはじまるが、日本に官営のセメント工場が建設されるのは明治六年で、場所は東京の深川であった。現在も都内有数の工業地区であり、大正のころのセメント試験所の周辺は荒涼とした石原だったか。

掲出句における〈蝶ひとつ〉は表象としての蝶であり、自らを蝶に仮託しての作だともいえよう。花から花へと飛び移って甘い蜜を吸うのが蝶のイメージだが、ここでの蝶は期待を裏切るものである。野外のセメント試験場には石灰石や粘土、珪石などが山と積まれていたのだろう。山頭火はその中でセメント材料の篩い分けをしていたのである。そんな日常を背景として成ったのが〈蝶ひとつ〉の句であろう。

雪ふる中をかへりきて妻へ手紙かく

大正九年三月一日、福岡の木村緑平にあてたハガキの中に記した一句。彼は転宿して東京麹町のアパートに住んでいたときだ。実は上京すると住んだ戸塚の下宿もそうだったが、今度の転宿もすべて茂森唯士を頼って移っている。ハガキの文面には「私は相かはらずです、東京は此頃よく雪が降ります、雪の降る日はしみじみ腰弁情調（?・）を感じます」

と書いている。腰弁とは江戸時代に勤番の下侍が袴の腰に弁当を結び付けて出仕したことから、地位の低い勤め人を指すようになった。彼のアルバイト先は同じく野外での砂篩だったのだろう。

返信の手紙は妻から離婚を要請されて書いたものだろう。別れるように言い立てたのは妻の実家の兄だったという。戸籍上で離婚が成立するのは同年十一月十一日だが、妻と義兄と山頭火の間で手紙によるやりとりが長く続いたようだ。結論としては実家の兄の顔を立てて、送られてきた離婚届にそれぞれ捺印したことになっている。

とんぼ捕ろ〳〵その児のむれにわが子なし

大正十年、館報「市立図書館と其事業」一号に所収。山頭火は大正九年十一月十八日からは東京市役所の臨時雇として一ツ橋図書館に勤務している。六月には正式に東京市事務員となっているから、経済的にはようやく安定した。けれど、図書館に職が決まる前に離婚届を出している。気にかかるのは熊本に残して来た息子のことだ。旧民法では法定家督相続人は動かせないから、長男の健は種田家の戸籍のままだ。けれど離縁の母に養育されているのである。

息子と同じ年頃の子供たちを見ると、胸が痛んだ。健は十一歳になっている。「とんぼ捕ろ

〳〵」とはしゃぐ子供たちの声を聞き、そのなかに健も混じって遊んでいないかと、妄想にかられたのだ。もちろん遊んでいるはずはなく、落胆の気分はおおいがたい。

山頭火が子煩悩だったのは知られている。父としては息子が小学校を卒業し学校の給仕になると決まったときは反対し、中学へ進学を主導し、秋田鉱山専門学校に進むときも学問が大切と周囲を説得している。実質的な援助はしていないが、息子は恩義を感じていた。

生き残つた虫の一つは灯をめぐる

初出は同前。「飛んで火に入る夏の虫」という諺がある。愚かにも、みずから進んで危険や災難にかかわり合うことのたとえである。それとは対照的な、そろそろ滅びを意識した秋の虫だ。いかにも寂しい〈虫の一つ〉であるが、これは自身になぞらえての作であろう。

大正八年八月号の「層雲」には、「泣いて戻りし子には明るきわが家の灯」という句を発表していたが、幼い子供に〈わが家の灯〉は明るい。そう納得する彼であってみれば、〈灯〉への思いは漠然としたものでなかったはずだ。けれど子供のように、ただ明るき灯だけを望むべくもなかった。

〈生き残つた虫〉もやがては死ぬ。灯をめぐるとは一種の地獄めぐりにも例えられるが、彼はエピグラムとして次のように書いている。

「死を意識して、そして死に対して用意する時ほど、冷静に自己を観照することはない。死が落ちかゝれば自己の絶滅であるが、死の近づき来ることによつて自己の真実を摑むことが出来る。」（「層雲」大正五年一月）

掲出句は自己の真実を摑もうとする、必死の思いが込められた一句でもあろう。

月夜の水を猫が来て飲む私も飲まう

初出は同前。水面に月が映っている夜の水場であろう。猫が来て水を飲んでいる。自分も猫の真似をして飲もうという。孤独でありながら、頓着しない心持ちの句だ。こうした自覚はいつごろ身につけたのだろうか。彼は「青年」（明治四十四年十二月）という雑誌に次のような文を書いている。

「老祖母の膝にもたれて『白』と呼び慣れてゐる純白な猫が睡ってゐる。よほどよく睡つてゐると見えて、手も足も投げ出して長くなれるだけ長くなつてゐる。かすかな鼾の声さへ聞える。その猫の尻尾に所謂『秋蠅』が一匹とまつてゐる。ぢつとして動かない。翅の色も脚の色もどす黒く陰気くさい。衰残の気色がありありと見える。

秋の田園を背景として、蠅と猫と老祖母と、そして私とより成るこの活ける一幅の絵画。進化論の適切なる、この一場の実物教授。境遇と自覚。本能と苦痛。生存と滅亡。自覚は求めざるをえない賜である。探さゞるをえない至宝である。同時に避くべからざる苦痛である。

殊に私のやうな弱者に於て。」

滋味ぶかい文章である。注目すべきは弱者の自覚で、これと照応するのが掲出句でもあろう。

噛みしめる飯のうまさよ秋の風

初出は同前。そのころは正式な東京市事務員として月給四十二円をもらい、一ツ橋図書館に勤めていた。本郷区湯島に下宿していたが、当時の賄料はどれほどだったか。東京旅館組合で決めていた下宿料は特等が四十五円、一等三十円、二等二十七円、三等二十四円。親友であった伊東敬治の回想によれば、「彼はある八百屋の裏二階の四畳半一間を借りていた」という。

日ごろは慎ましく暮らしていたのだろう。三等の下宿料なら十八円が余る。平均的な庶民の生活は五人家族で四十円くらいで暮らしていたというから、酒を飲み過ぎなければ安泰であった。しみじみと米のうまさを味わう平穏な日々だったのだろう。

俳句も有季定型なのが珍しい。いつしか「層雲」への出句を休止していたから、月並なものになったのだろうか。

おとなりの鉢木かれぐ〜秋ふかし

けふもよく働いて人のなつかしさや

大正十一年、館報「市立図書館と其事業」（四号）に収録。図書館勤めは性に合っていて、上司からも有能と認められ精勤の時期が続いた。「夜勤の帰途」と前書のある「秋風の街角の一人となりし」などの句もある。大都会にあっての中年の一人暮らしに、何か侘びしさのあることは否めない。

図書館は人の出入りが多く、個人としての接触も少なくない。けれど閉館すれば急に静まりかえる。「虎雄氏に」と前書を付け、同僚を詠んだ句「おほらかに君歩み去る河岸落葉」がある。家族あるものは、さっさと家路を急ぐ。取り残されたかの彼の気持ちは、次のような一句となっている。

私ひとりでうら丶かに木の葉ちるかな

はたして心境は〈うら丶か〉であっただろうか。ひとりとなっての寂しさが、無性に〈人のなつかしさ〉となっての作だ。

ま夜なかひとり飯あた丶めつ涙をこぼす

初出は同前。妻子を置き去りに単身で上京し、その結果が離婚の身となった。自業自得というべきで、泣き言をいってもはじまらない。けれど現実に独りとなって、真夜中に冷や飯を温めている境遇を惨めと思うのも当然だろう。

徐々にやけっぱちの気持ちが募り、寂しさを酒色で紛らわすようになってゆく。親友の茂森唯士は「或朝、突然洲崎の遊郭から私に電話がか丶って来て、彼が酒に酔い痴れて昨夜から無銭登楼し、行燈部屋に入れられている。すぐ迎えに来てくれという呼び出しである。十円札をにぎって迎え出しに行った」と追想している。

また茂森は「東京生活当時は彼はあまり句作をやっていなかったようである」という。たしかに句作は少なく、大正十年の十四句と十二年の十五句のみ。十二年、十三年は一句も残していない。精神はいよいよ荒廃の度を強めていった。

思ひつかれて帰る夜の大地震あり

初出は同前。註記として（十二月八日夜強震あり）とある。東京における地震のことは知らないが、ちょうど同日に長崎県島原半島南部で起こった大地震は大々的に報じられた。マグニチュード六・五で、死者二十六人、家屋全壊一九五戸。昔からいわれるのが、「島原大変、肥後迷惑」のことわざで、島原で地震が起これば対岸の肥後熊本は津波によって被害をこうむった。熊本にいる息子のことが気がかりだったろう。

およそ一年後には関東大震災で東京も未曾有の災害を受けるが、予兆とするには早計すぎる。それにしても〈思ひつかれて帰る夜〉と大地震とは付きすぎだ。彼は十二月二十日には神経衰弱症という医師の診断書を付けて東京市事務員を退職している。

いよいよ浪々の身となりながら、なおも東京に踏み留まっている。他へ行くところが無かったせいもあろうが、関東大震災時は本郷にいて罹災し、劫火の中を逃げまどうている。

エピソード〈刑務所に拉致された山頭火〉

関東大震災で被災したうえに、時局の混乱にまきこまれ、山頭火は巣鴨刑務所に連行されて無理無体な虐待を受けている。無政府主義者あるいは社会主義の嫌疑をかけられたのだ。

一蓮托生で連行された木部至誠さんから、私は当時の模様を聞いている。「山頭火には悪いことをした」と気の毒がっており、一緒にいたがための巻き添えだったという。

罹災した人たちは被害の少なかった場所の縁者や知友を頼っている。早稲田に住んでいた茂森唯士氏の家が無事だったので、熊本出身者たちが九人も集まってきた。茂森氏は東京に居なかったが、みんな仲間意識をもって協同生活をはじめている。布団が足りないというので、木部さんが率先して近くの友人の家から借りようとした。そんな目的で出かけると、待ち伏せしていた憲兵たちによって拉致されてしまったのだ。

木部さんの友人というのは憲兵隊のブラックリストに載る社会主義者。彼を逮捕しようと張り込んでいるところに訪ねたものだから、社会主義者と間違えられた。特に山頭火は当時無職だったから、身分を証明できるものがなかったために、酷く痛めつけられたという。それが切っ掛けで世を捨てたというのは早計だが、遠因にはなっているると考える。

懸命な旅

松はみな枝垂れて南無観世音

大正十四年作、句集『草木塔』所収。長く浪々の身であったが、ついに俗世も捨てて出家している。そのころの心境は前書で次のように書く。

「大正十四年二月、いよいよ出家得度して肥後の片田舎なる味取観音堂守となつたが、それはまことに山林独住の、しづかといへばしづかな、さびしいと思へばさびしい生活であつた。」

熊本市内にある曹洞宗の報恩寺で出家得度し、間もなく末寺の瑞泉寺、通称は味取観音と呼ばれる無住の堂守として移り住む。法名は耕畝。本格的な修行をしていないから僧侶の資格ではなかった。

味取観音堂は熊本市内から山鹿行きのバスで三十分ほどの距離。鹿本郡植木町にあって、味取バス停留所を降りるとすぐの石段を登った山上にある。かつては参道の両側に幾星霜も経た赤松が枝をさしのべるように枝垂れていた。南無観世音と誦経《ずきょう》すれば、松の枝はみな合掌しているかに思えたのだろう。

けふも托鉢ここかしこも花ざかり

大正十四年四月二十七日、木村緑平あてのハガキに記した一句。近況を「雨天曇天ならば在庵、晴天ならば托鉢に出かけますが、五時頃までには帰山します」と知らせている。師の荻原井泉水へは無沙汰をわびたのちに、次のような手紙を書いた。

「私は今月［三月］の五日にこの草庵をあづかることになりまして急に入山いたしました、片山里の独りずまゐは、さびしいといへばさびしく、しづかといへばしづかであります、日々の糧は文字通りの托鉢に出て頂戴いたします、村の人々がたいへん深切にして下さいますので、それに酬ゆべくいろ〳〵の仕事を考へてをります。」

村の檀家は五十一軒しかなかったから、堂守だけでは生きていけなかった。地域を広げて他家の前に立って施しの米や金銭を受けて回る必要もあった。

時には他県にまで遠出し、大分県の佐伯までも托鉢することがあったという。熊本時代に知り合い、東京でも交流のあった工藤好美が東京から実家のあった佐伯に帰っているのを知り、托鉢僧の姿で出かけたのだ。死んだ妹の法事のために帰郷していたときで旧交を温めた。山頭火は妹の霊前に追善供養の般若心経を読誦してくれた、と私は工藤氏から聞いたのを思い出す。

伸ばされし手かな足かなあたたかう触れ

大正十四年、「中外日報」（十月十七日）に掲載。托鉢も泊まり掛けで出かけるようになったようだ。そのときは安い料金で泊まれる木賃宿を選び、いわゆる社会の底辺に生きる人々と交わっている。

観音堂の堂守を辞して一所不住の放浪をはじめてからは、木賃宿に泊まることが多かった。が、この時期において木賃宿での句は珍しい。たいていは一部屋に数人が泊まる相宿で、寝相の悪いのもいる。布団からはみだし、伸ばした他人の手や足に触れることも多い。これを嫌っているのでなく、他生の縁があった、と詠んでいる。

木賃宿で出会う人々を世間師とよんでいる。旅から旅に渡り歩いている人のことで、世間慣れして悪賢い人のこともいう。

松風に明け暮れの鐘撞いて

大正十四年作、句集『草木塔』所収。松風は堂守をしている味取観音の、石段の両側に枝垂れた松を吹く風である。これは寂しさの象徴ともいえる風であり、日課といえば朝と夕の定刻に鐘を撞くことくらい。他は村の人々と良好な人間関係を築く努力だ。

当時の彼を知る小田千代子さんは十二、三歳の少女。やがて日曜学校を開いた種田和尚から、御仏の教えを平仮名でつづった小さな本をもらったという。また「消災妙吉祥陀羅尼」と「延命十句観音経」を読誦するのも習ったそうだ。前者は古今にわたり禅林で誦まれてきた呪文、後者は文字どおり十句から成る短い経文である。これを唱えれば、功徳によって唯仏与仏の世界が現出するという内容。清浄な生き方を目指している姿が、少女の眼にも映っていた。

夜は青年たちを集めて、読書指導などもしたという。当時あれこれ教わったという星子五郎さんから、私は思い出を聞いたことがある。

分け入つても分け入つても青い山

大正十五年、「層雲」（十一月）に掲載時は「分入つても分入つても青い山」。句集『草木塔』所収。前書に「大正十五年四月、解くすべもない惑ひを背負うて、行乞流転の旅に出た。」と記す。世を捨て山林独住の堂守となってはみたが、長くは落ち着いていられなかった。

出家得度したのは、煩悩のために犯した種々の罪悪から解放されるためであった。けれど

〈解くすべもない惑ひ〉は日々彼を苦しめたらしい。じっと独坐しての瞑想はかえって妄想を生み、孤独地獄に陥ることも多かった。そこからの逃走でもあったが、師の井泉水には行乞流転の旅先から「私はたゞ歩いてをります、歩く、たゞ歩く、歩く事が一切を解決してくれるやうな気がします……」と手紙を出している。

人口に膾炙する一句で、禅林語録などを念頭に評されることもある。「遠山無限碧層々」とは、遠くの山は限りなく続き碧《みどり》は幾重にも重なっているの意。これと同じで心の惑いは無限に続き解くすべもない。また「莫言深無人到。満目青山是人」。深山だから人が来なくて寂しいなどというな、見渡すかぎり青い山が友だちなのだ。さて〈青い山〉はどちらに解したらよいか。

しとどに濡れてこれは道しるべの石

初出は同前、掲載時は「しとどに濡れて之は道しるべの石」。以下、特別に記さないかぎり句集『草木塔』に所収の俳句と了解願いたい。

道の行き先や目的地までの距離など示して、道端に立ててある石が〈道しるべ石〉だ。木で作った道標は風化して、肝心な文字が読めない場合もあるけれど、石に刻んだ情報なら風雪に耐えられる。

　彼は道しるべ石を頼りに行乞《ぎょうこつ》をするのである。行乞とは「乞食《こつじき》を行《ぎょう》ずる」の意。家々の軒に立って布施の米銭を鉄鉢で受けて回るのだ。仏教における基本的実践徳目であるが、新発意《しんぼち》である彼には慣れぬことだ。いわば右も左も分らぬ者には案内人の役割でもあり、〈これは〉と強調するのも納得がいく。

　道標の有り難さはいうまでもない。けれど勢いの激しい雨に、ずぶ濡れになっている。重い気分の行乞を反映する、道しるべの石であった。

炎天をいただいて乞ひ歩く

　初出は同前。炎天は真夏のぎらぎらと焼けるような日盛りの空のこと。夏をつかさどる神を炎帝と呼ぶこともあるが、これを頭の上にいただき逃れようのない炎天下を歩くのである。手には鉄鉢を持ち、物を与えてくれるように求めるのだ。精神的にも肉体的にも忍び難いものがあった。

　托鉢は仏教において重要な修行の一つだ。そこには三輪空寂の布施という教えがある。すなわち布施に際し、施者と受者と施物の三つを空と観じて執着しないことが肝心なのだ。彼は後年の行乞記に「与へる人のよろこびは与へられる人のさびしさとなる、もしほんたうに与へるならば、そしてほんたうに与へられるならば、能所共によろこびでなければならない」と書く。けれど与える人は傲慢に、与えられる人は卑屈になりがちだ。何やら悲痛な響きにも思える短律句でその日その日の食を得るのにあくせくしていた時期ではないか。

鴉啼いてわたしも一人

初出は同前で「鴉啼いて私も一人」。前書に「放哉居士の作に和して」とあり、似たような境涯にあった尾崎放哉を念頭においての一句である。同じ結社の「層雲」に所属していたから、大正年代を通して互いに意識する間柄であった。直接に出会うことはなかったが、発表の俳句は知っていたわけだ。特に印象深かったのは「咳をしても一人」だったか。

放哉は山頭火より約二年後の生まれで、俗世を捨てて寺に入るのは大正十三年。いわゆる遁世は山頭火より一年前である。放哉の終焉地は小豆島で、終《つい》のすみかとなる南郷庵については「層雲」に五回連載で「入庵雑記」と題して詳しく書いていたからよく知っていた。共鳴したのは〈一人〉という境遇である。時に鴉を自分になぞらえるときもあるが、掲出句では〈鴉啼いて〉と意識したのは放哉の存在であり、やがて自身に覚醒するものがあったのだろう。

生死《しやうじ》の中の雪ふりしきる

初出は同前で「生死のなかの雪ふりしきる」。前書には「生を明らめ死を明らむるは仏家一大事の因縁なり（修証義）」とある。生死は仏教語で〝しょうじ〟と読む。『修証義』というのは道元の『正法眼蔵』九十五巻から眼目を抜き出し、分りやすく編集したダイジェスト版の経典。その第一章総序の冒頭を句の前書としたもので、要諦は生と死を明らかにしなければならないということだ。

生死とは生老病死の四苦におけるはじめと終わりの意。人は生まれ変わり死に変わりして、流転を繰り返す。六道輪廻ともいわれるが、迷いを断ち切り安らかで自由な悟りの境地を得たいと望む。だが容易に悟れないことも分っている。たとえば雪が降りしきり、視界がきかない迷いの中にさまよっている心境を詠んだ一句であろう。

前書に引用の『修証義』の一節は公案のようなものである。研究課題として与えられた問題に、あるいは窮しての表現が、〈雪ふりしきる〉であったか。

木の葉散る歩きつめる

大正十五年、「層雲」（十一月）に掲載のときは「木の葉散り来る歩きつめる」であった。〈散り来る〉は〈散る〉と比べて、より描写的である。木々を見上げると木の葉がはらはらと散って来たのだ。冬空を仰ぐ余裕があっての表現だろう。句集『草木塔』では気力を集中して、とことん歩くことに呼応して〈木の葉散る〉と切迫感を出している。

彼が歩くのは修行のためもあった。禅の修行にも種々あって座禅もあれば、徒歩禅もある。特に禅宗の僧を雲水というが、飛び行く雲と流れる水を形容する行雲流水を縮めた呼び名だ。ただひらすら座禅に励むことを只管打坐という。「只管」はひたすらの意で、彼は時が来ればおのずから木の葉が散るように悟りを求めたり想念をはたらかすことなく、ひらすらに歩いた、というのだ。

この旅、果もない旅のつくつくぼうし

昭和三年、「層雲」（十一月）に発表したときは「果てもない旅のつくつく法師」。句集『草

木塔』ではは掲出のとおりである。強調する〈この旅〉とはどんな旅だったか。

大正十五年四月、一所不住の旅に出てからは九州一円を巡り、山陽山陰を歩き、昭和三年には徳島で正月を迎え、四国八十八ヵ所を巡拝して七月下旬に小豆島に渡って放哉の墓に詣でている。再び本州に戻って中国山地を歩き続けていた。その途上、井泉水には次のような手紙を出している。

「(前略)断見外道といはれても、また孤調の人といはれても、何といはれても仕方ありません、私は私一人の道をとぼ〳〵と歩みつゞけるばかりであります。私も出来るだけ長生して、たとへ野山の土となるとも自分を磨きたいと心がけてをります。」(九月十七日)

文中の「断見外道」は、仏教でいう因果の道理に背き、身勝手に死後はまったく無になってしまうという考え。行乞をしながらも、ひたすらなる求道の修行者ではなく、独自の旅を模索していたのであろう。

へうへうとして水を味ふ

昭和三年「層雲」(十一月号)掲載時は〈味わふ〉と表記。同時発表の句は「踏みわける萩よ薄よ」「果てもない旅のつくつく法師」など。掲句も初秋に詠んだ句で、そのころ師の井泉水には中国山地の旅の途上から手紙を出している。

「すつかり秋になりました、殊に此地は高原で、旅のあはれが身にしみます（中略）たゞ茫々として歩きつゞけて来ました、山は青く水は流れる、花が咲いて木の葉が散り、私もいつとなく多少のおちつきを得ました。」

安定した精神とは言えなかったが、山中を歩くと気分がほぐれる。〈へうへう〉に漢字を当てれば飄々で、浮世離れして変幻自在つかまえどころのない様子だ。彼そのものが飄々として当てもなく彷徨っていたわけだ。そんなとき身を救うてくれるかの自然の賜は水である。

当時を回想して書いた「水」というエッセイで「こんな時代は身心共に過ぎてしまつた。その時代にはまだ水を観念的に取扱うてゐたから、そして水を味ふよりも自分に溺れてゐたから」と告白する。ならば改めて〈水を味ふ〉境地を問えば、同じエッセイの中で次のように書く。

「水のうまさありがたさは何物にも代へがたいものであった。私は水の如く湧き、水の如く流れ、水の如く詠ひたい。」

後年になって好んで揮毫した文字に「淡如水」というのがある。水と一体化した人生を望んでいた。

投げだしてまだ陽のある脚

初出は同前。原句は「投げ出した脚をいたはる」だったが、感傷的な気分を抹消して改作。けれど来る日も来る日も歩きつめているのだから、脚は疲労のために筋肉がつっぱって棒のようになる。これ以上は歩けないと諦めの気持ちもあって〈投げだし〉たのだろうが、まだ陽は陰っていない。

一日一日の生きてゆく糧は托鉢によるものだ。もらい過ぎてもいけないが、足りなければたちまち窮する。明日へ持ち越す貯えは修行のさまたげになると忌み嫌う。本来無一物だ。今日の木賃宿に支払えるだけあればよいのだが、まだ足りなかったのだろう。一休みして、さらに托鉢を続けなければならない辛い日もあったのだ。

まっすぐな道でさみしい

昭和四年、「層雲」(一月)に掲載。一人の孤独な漂泊者が、どこまでも真っ直ぐな一本道を前にしたときの率直な感情である。托鉢して歩くとは、あちこちに散らばる家々を巡ることだ。

およそ真っ直ぐな道とは異なり、曲りくねって進むのである。あまりに真っ直ぐでは取り付く島もない感じだ。それを直感的に〈さみしい〉と表現したのは直截すぎようが、ずばりいう短律の俳句ならではの方法だと思う。

彼において道というのは、ある地点から他の地点へ行く通路としてだけのものではなかった。出家の身としては、精神的な意味での観念としての道というのもあったろう。また在家時代も道については一家言あって、例のエピグラムで「自己を掘る人の前にはたつた一つの道しかない。狭い険しい、ともすれば寂しさに泣かるる道しかない」(「層雲」大正五年三月)などと書いている。

ほろほろ酔うて木の葉ふる

初出は同前。生まれ故郷である山口県下に足を踏み入れ、どこかで酒を飲んだのであろう。飲まずにはおれなかったか。〈木の葉ふる〉は冬の季語であり、いわゆる七五調の軽やかなリズムのある句で、ほろ酔い気分と木の葉の降る時の推移がうまく調和していて快い。

荻原井泉水は「──ここに到ると、ほろ〳〵と風に戯れるものが已れなのか、主であり客であり、客であり且つ主であり、彼であり且つ我であり、我であり且つ彼であり、実に渾然としたところに帰入してゐる物心融会の妙境がある」(「層雲」昭和七年六月)と評している。まさにそのとおりで、いわゆる写生の俳句ではない。〈ほろほろ〉を声喩《せいゆ》として、酔うた彼と降る木の葉とが響き合う。大自然に融《と》けこむことを目指して歩く漂泊者に、時として起こる物心融合の境地を詠んだ句といってよい。

しぐるるや死なないでゐる

初出は同前。前掲の句「ほろほろ酔うて」が七五調なら、ここに掲出の句は五七調で少々重い感じがする。内容もまた軽いものではなく、〈しぐるるや〉と古格を使いながらうまく心境を吐露しているのが印象的だ。

捨身懸命の旅も二年目の冬を迎えようとしていた。今年も命あればこそ時雨に濡れている、と深い感懐があっての作である。

「層雲」(昭和四年五月)には「しぐるるやしぐるる山へ歩み入る」と有季定型ばりの句を発表している。先に示した「分け入つても分け入つても青い山」の明るさに比べれば、ずいぶんと暗い。それを物ともしないのが山頭火の真骨頂であった。そんな気概は文学者の宿命と心得ていたところもあって、例のエピグラムでは「苦痛の福音を信ぜよ。私は楽しむことに於てよ

り苦しむことに於て、より多く生甲斐ありと感じつゝ、あるではないか。」(「層雲」大正三年十二月)

食べるだけはいただいた雨となり

昭和四年、「層雲」(五月)に掲載。衣食住に対する欲望を払いのける修行を頭陀《ずだ》という。分類すれば十二種となるが、そのうち特に食を乞いながら歩くことを乞食《こつじき》という。肝要なのは必ず托鉢によって得た食物を摂ることで、少欲知足を旨とする。

食物などをもらうのが目的で仏を信じる心のない者を俗に乞食《こじき》という。本来〈食べるだけ〉のものがあれば満足なのである。それ以上を欲するのは頭陀の修行から外れ、堕落というほかない。

彼は修行一筋というより、趣味的な遊び心をもつ俳僧であった。その意味では異色であり、趣向を凝らすところもある。「あるひは乞ふことをやめ山を観てゐる」などと詠む。掲出句においては幸いにも雨の降りだす前に、分相応な米、銭をいただいたと満足しての一句だ。

迷うた道でそのまま泊る

昭和四年二月二十八日、木村緑平あてのハガキの中にある一句。筑豊炭鉱の一つである糸田で炭鉱医として勤めている句友の緑平を訪ね、そののち飯塚へ行く途中で道に迷ったという。飯塚も炭鉱町として有名で、十九歳になった息子の健は日鉄二瀬炭鉱に勤めていた。彼に会うためである。

父親としては無責任であったが、健の将来については人並みに気をもんでいる。旧制中学への進学を諦めていた健を説得して、中学へ入学させたのは山頭火であった。今度は炭鉱に勤めるなら、秋田鉱山専門学校に学ぶのが最良だと勧めたのだろう。托鉢で日々を送る親父からの忠告には息子として戸惑ったろうが、一年後には親父の言に従い進学している。

何ともちぐはぐな親子の関係である。掲出句においても迷うていたのは道中だけでなく、心の方も迷っていた。そのまま一所不住の旅を続けていてよいものかどうか。息子の将来のために、一先ず放浪は止しにして、熊本の「雅楽多」店に落ち着こうとした。

緑平には帰着した熊本市の住所を知らせている。そのハガキで「鉄鉢ささげて今日も暮れた」の句を示したのちに、「かういふ生活にも暫く離れなければなりますまい」と内心を打ち明けている。

わかれきてつくつくぼうし

昭和四年九月十七日、博多の句友三宅酒壺洞あてのハガキには「別れ来てつくつくほうし」とある。また「秋風また旅人となつた」の句も伝えているから、熊本の「雅楽多」居に落ち着こうとしたが再び放浪の旅に出た経緯を語る内容であろう。

掲出句が『草木塔』所収の決定稿である。これには「昭和四年も五年もまた歩き続けるより外なかつた。あなたこなたと九州地方を流浪したことである。」と前書を付けている。〈つくつくぼうし〉は蟬の一種。秋風とともに多く現われ、オーシーツクツクと鳴く。これを筑紫恋し、と聞きなしての命名ともいわれるが、真偽はどうか。

どうしても一所に落ち着けない性情を、遣る瀬ない思いを込めて詠んだ叙情句である。木村緑平あてのハガキには次の一句も。

崩れ来てつくつくぼうし

こほろぎに鳴かれてばかり

昭和五年、「層雲」（一月）に掲載。昭和四年九月二十二日、緑平あてのハガキにもある。五音と七音の短律句である。〈こほろぎ〉は種類が多く、そのなかで古くから鳴く虫として親しまれてきた。鳴く声によって、ちちろ、ちちろ虫、つづれさせ、ころころと聞き分けて呼ばれたようでもあるが、受け身の表現で〈鳴かれてばかり〉というのは気になるところ。

およそ一年後には宮崎県日南海岸で次のように詠んでいる。

酔うてこほろぎと寝てゐたよ

このときは行乞記（昭和五年十月七日）を遺しているから、情況は明らかである。「そこ、行乞して目井津へ、途中、焼酎屋で諸焼酎の生一本をひつかけて、すつかりいゝ気持になる。宿ではまた先日来のお遍路さんといつしよに飲む、今夜は飲みすぎた、とう〱野宿してしまつた」云々。あるいは掲出句も酔いつぶれての野宿であったか。そんな不届きを戒めるかに、こほろぎに鳴かれたというのだろう。いや一度ならず二度三度と、家族（妻とは形式的に離婚していたが）と一緒に住んでおれない薄情者の自分を対象化して詠んだ一句だ。

また見ることもない山が遠ざかる

昭和五年、「層雲」（一月）に掲載。茶道の精神を説いたことばに「一期一会」というのがある。今日の一会は生涯に二度とない会だと思い、亭主も客も親切実意をもって交わるべきと教えるのだ。掲出句の意もこれと同じで、あるいは再び見《まみ》えることがあったとしても、予断を許さないという緊張を生む。

漂泊とは一定の住居や決まった仕事がなくて、さまよい歩くことだ。日常性が反復を特色とするなら、非日常を生きる漂泊者には二度と同じことはない、と覚悟すべきであろう。捨身懸命、明日なき命だ。

あるいは彼は生まれながらに漂泊的気質の持ち主だったかもしれない。明治四十四年十二月の「青年」に書いた随筆では次のように書く。

「一度行つた土地へは二度と行きたくない。一度泊つた宿屋へは二度と泊りたくない。一度読んだ本は二度と読みたくない。一度遇つた人には二度と遇ひたくない。一度見た女は二度と見たくない。一度着た衣服は二度と着たくない――一度人間に生れたから、一度男に生れたから、一度此地に生れたから、一度此肉躰此精神と生れたから。……

一度でなくして二度となつたとき、それは私にとつて千万度繰り返すものである。終生□れ難い、離れ得ないものである。」

どうしようもないわたしが歩いてゐる

昭和五年、「層雲」（二月）に掲載。「私」と題した九句中の一句。前月一月号の「層雲」には「鴟啼いて身の捨てどころなし」と、捨て鉢な気分の句を詠んでいる。身を捨てるのにふさわしい場所がないから、歩くほかなかったか。

あるときは澄み、あるときは濁る、起伏の激しい性格の人だった。かつて井泉水には次のような手紙を出している。一部を引用してみよう。

「私は昨日まで自分は真面目であると信じて居りました、其信念が今日すつかり崩れてしまひました、私はまた根本から築かねばなりません、積んでは崩し、崩しては積むのが私の運命かも知れません、が、兎に角、私はまた積まねばなりません、根こそぎ倒れた塔の破片をぢつと見てゐる事は私には出来ません、私は賽の河原の小児のやうに赤鬼青鬼に責められてゐます」（大正四年三月十七日）

彼は賽の河原の小児のような心境で、小石を積んで塔を作ろうとする葛藤のドラマを〈どうしようもないわたし〉と象徴的に詠んでいる。

すすきのひかりさえぎるものなし

初出は同前。『草木塔』では前書に「大観峰」とあるから阿蘇外輪山の最高峰〈標高九三六メートル〉の頂上での作である。このときは師の井泉水を迎えて、九州在住の「層雲」同人七人が阿蘇の内牧に集合。山頭火は旅の途中で合流し、昭和四年十一月三日四日と行を共にしている。

井泉水はそのとき山頭火の様子を「網代笠と鉄鉢と念珠とを手にして、彼は一時間先きまで此町を行乞しつゝ、此駅に来たのだつた」と書き、後の回想で「私は数年前旅中に阿蘇の麓で久しぶりで、彼に逢つた。彼は思ひのほか老いてゐた」と伝えている。大観峰では網代笠を脱いだ行脚姿の写真が残っており、たしかに四十八歳には見えない老けた山頭火だ。

何やかやと苦労が多かった。けれど久しぶりに俳句仲間に会えてうれしかった。その心の弾みをとどめようはない。それが〈さえぎるもなし〉の表現となったか。大観峰の頂上は美しい薄の原だ。金波銀波と明るく波打つ光に胸襟を開いている。日ごろは遮られることの多い人生だったから、ひと時の外光に満悦の気分だった。その円やかな雰囲気を、すべて平仮名で表記していているのも印象的な一句である。

分け入れば水音

昭和五年、「層雲」（三月）に「触処生涯」と題して掲載した十七句中の第一句。触処とは眼や耳、鼻などによる外的感触と、それに対応関係の色や形、音声、香りなどの内的認識の生じる拠点を意味する。素のままで山野を歩き続ける彼にとって、おのずから五感あるいは六感に頼らざるを得ない。そんな生き方を触処生涯と名づけたのだろう。

師の井泉水を囲んで「層雲」の句友たちと阿蘇に遊んでいる。山頭火はやがて一行と別れて、再び一人の放浪の旅だ。熊本と大分の県境にある杖立温泉から、日田を経て英彦山《ひこさん》へ拝登する途中での作。井泉水あてのハガキには「日田盆地からお山まで七里、きのふ暮れてつきました、三里の間はかなりの難路でありました、それだけ山のうつくしさも水のうまさも格別でありました」（昭和四年十一月十四日）と記している。

余談だが杉田久女は昭和六年に、「谺《こだま》して山ほととぎすほしいまま」と詠んでいる。これも英彦山での作。

すべってころんで山がひつそり

初出は同前。英彦山に拝登した後、山国川に沿って耶馬渓を下る途中での作だろう。溶岩台地と集塊岩山地の浸食によってできた景勝地だ。句友あてのハガキには「守実《もりざね》まで四里でありますが、一里ばかり下に山国川の源流、平鶴官林の谷があります、私の最も好きな景勝でありました、途中また溝部村からふりかへつて見る旧耶馬の山々も美観でありました」と書いている。

あるいは景色のよさに見とれて歩行が乱れたか。すべってころんで尻餅をついてしまった。そこで一転し、視覚の世界から聴覚の世界へと収束させて、〈山がひつそり〉と結んでいる。彼は動転していたが、山は不動で静まりかえったままだった。寂しさのきわみを詠んだ一句である。

捨てきれない荷物のおもさまへうしろ

初出は同前。禅のことばで「本来無一物」という教えがある。この世のことはすべて実体のない仮のものであるから、執着するほどのものはもともと何もないのだ、という意。だが実際はどうなのか。〈捨てきれない荷物〉のために、彼が悩んでいることは明らかだ。

荷物といっても種々様々である。邪魔になるもの、負担になるやっかいなものもあるだろう。これをさっぱり捨てきれば悩みはないが、何かとしがらみの多い世の中だ。それも〈まへうしろ〉への重い振り分け荷物となれば、なかなか前へ進めない。

芭蕉は「旅の具多きは道のさはりなり」といい、「たゞ物うき事のみ多し」と書く。が、やがて現実の重荷、自己の内面の煩悩からの脱却をはかっているが、山頭火は容易に苦境から抜け出せないでいた。井泉水あてのハガキでは「かうして歩きつゞけて、どうなるのか、どうしようといふのか、どうすればよいのか」（昭和四年十二月二十三日）と弱音を吐くこともあった。

法衣《コロモ》こんなにやぶれて草の実

初出は同前。昭和四年十二月二十七日、大分県の竹田《たけた》での作。法衣《ほうえ》は如法の衣服の略称で、僧尼が着ける衣服である。山頭火はこれにコロモとふり仮名をつけて指示。大正十五年以来ずっと着用していたから、綻びやいたみがひどかったのだろう。

草の実は牛膝《いのこずち》の実で、実の苞《ほう》に刺《とげ》があるので、衣にくっつくとなかなか離れなくなる。山道を歩けば草の実はつく。それが気になるようでは、俗気は抜けていない。一番の関心事は熊本に帰り着き、句友たちと会うことだった。阿蘇で別れるとき、約束ができていたのかもしれない。

一先ずは旅の草鞋《わらじ》を脱ぎ、法衣も脱ぎ捨てくつろごうとしていたか。十二月二十九日の井泉水あてのハガキでは「明朝は早々出立、歩けるだけ歩いて、熊本に向ひます、熊本では忘年迎年、元気ハツラツとした句会が開かれる予定であります」と書いているのだ。

旅のかきおきかきかへておく

初出は同前。〈かきおき〉とはどんな内容だったのだろう。彼は味取観音堂を出て一所不住の旅に出たときは捨身懸命、いつ死んでよいという覚悟はできていた。が行き倒れとなり身許不明のまま無縁仏にはなりたくなかったようだ。

大正七年六月に弟の二郎は岩国の愛宕山中で自殺している。そのときは兄宛の遺書を書いており、「醜体御発見の方は後日何卒左記の実兄の所へ御報知下され候はゞ忝《かたじけな》く奉り候」と添書きをつけていた。それに類したものだったろうが、事態は急転直下の様相である。何も書き置きなど遺さなくても、古巣に帰ろうとしていたのだ。

山頭火がはじめた古本屋の「雅楽多」は、模様替えして絵ハガキやブロマイド、額縁などを売る店として、それなり繁昌していた。書面上は妻の離婚が成立していたが、出入りが不可ということではなかった。息子を秋田高専へ進学させるために協調する必要もあったのだろう。絵ハガキ店「雅楽多」に帰着した山頭火は素行が改まったわけではないが、次のような句も作っている。

逢へば父として話してくれる

一所不住に終止符

焼き捨て、日記の灰のこれだけか

昭和五年九月十六日の「行乞記」にある句だ。自選の句集『草木塔』では選外。

山頭火は長男の健が秋田鉱山専門学校に入学したので、親として助力するために行乞生活を中断するつもりだった。「雅楽多」店を手伝いながら熊本に落ち着こうとした。知友には「ほんとうに我儘が出来なくなりました、少なくとも三年間は」などとハガキを出している。

果たして、我が儘を抑えることが出来たかどうか。どうしても抑えきれない衝動があって、自棄酒を飲む。それも破滅的な飲み方で、あとには身分不相応な借金が残る。ついには一所に住んでおれなくて、再び旅に出るほかなかった。

出発にあたって、過去一切を清算する心持ちだったのだろう。「これまでの日記や手記はすべて焼き捨てゝしまつた」と行乞記に書いている。どんな内容だったか、どれほどの分量だったかは分らない。山頭火の足跡を辿るのには貴重であることはいうまでもない。彼にも時に愛惜の情が起こることもあったようで、昭和十年二月九日の日記には、次のように改作した句を載せている。

焼いてしまへばこれだけの灰が半生の記録

岩かげまさしく水が湧いてゐる

昭和五年九月十四日、行乞記にある句である。「球磨川づたひに五里歩いた、水も山もうつくしかつた、筧の水を何杯飲んだことだらう」と書く。秋になったとはいえ、日中は暑い。それを紛らしてくれるのは、岩かげから湧いている清水を飲むときである。〈まさしく〉は水のうまさを強調しての表現だ。

山頭火の人生において最も縁が深いのは酒だろう。酔い醒めに飲む水のうまさもまた格別。利き酒の名人ならぬ利き水の名手で、あちこちで飲む水のよしあしを評することもあった。「へうへうとして水を味ふ」などの句はよく知られている。

掲出句より数週間後の十月八日には、日南海岸をそれて山間に入った榎原《よわら》というところで、うまい水を見つけている。「日向の自然はすぐれてゐるが、味覚の日向は駄目だ、日向路で食べもの飲みもの丶印象として残つてゐるのは、焼酎の臭味と豆腐の固さとだけだ」と書きながら、次のような句を作っている。

こんなにうまい水があふれてゐる

山頭火は主に西日本の各地をくまなく歩いている。至るところに湧き水も多く、それも飲みながら旅を続けた。地形や地質によって湧泉もさまざまだが、神秘なものを感じる場所だ。それを象徴するかの動かない石も実在することもある。句集『草木塔』所収で、昭和七年の作には、

石をまつり水のわくところ

水神信仰は『日本書紀』にも記述があり、以来多くの伝承によって水の大切さを教えられてきた。

泊めてくれない村のしぐれを歩く

昭和五年十月一日、日南海岸の伊比井《いびい》での作。『草木塔』には選外。行乞記には「一里半ほど内海《ウチウミ》まで歩く、峠を登ると大海にそうて波の音、波の色がたえず身心にしみいる。内海についたのは一時、二時間ばかり行乞する。間違ひなく降り出したので教へられた家を尋ねて一泊

を頼んだが、何とか彼とかいつて要領を得ない（田舎者は、yes no をはつきりいはない）、思ひ切つて濡れて歩むことまた一里半、こゝまで来たが、安宿は満員」と書く。

〈しぐれ〉というのは初冬のころに降る通り雨。季節的には秋霖だが、気持ちの上では時雨の感じだったか。旅のさすらいに何より寛げるのは、良い宿を見つけたときである。彼は行乞記の日付の下に、その日の天気と場所、宿名を書き、さらにカッコでくくり三五・上とか三〇・下と記す。数字は宿賃の三五銭とか三〇銭、上中下は評価を示すものだ。泊めてくれないときは野宿するほかなかった。

秋風の石を拾ふ

昭和五年十月十日、宮崎から県境を越えて鹿児島の志布志町での作。無一物を信条とする行乞者が石を拾って何にするのか。そんな疑問に答えるかに、行乞記（昭和七年六月十四日）には「いつからとなく私は『拾ふこと』を初めた、そしてまた、いつからとなく石を愛するやうになつた、今日は石を拾うて来た、一日一石としたら面白いね」と記すときもあった。

得意の短律句で、先ず〈秋風の〉と詠む。それと〈拾ふ〉とはどう関連するのか。季節の変わり目に吹くのが秋風で、定まった風位はない。山頭火のたゆたう心に呼応して、石を拾う行動となったのだろうか。

手で拾えるほどの小石なら路傍にころがっている。手軽に拾えるが、値打ちのあるものではなかろう。顧みれば我が身にも似て愛しく思えるものだったか。昭和七年六月十四日の行乞記には次のように書く。

「拾ふ――といつても遺失物を拾ふといふのではない（東京には地見といふ職業もあるさうだが）、私が拾ふのは、落ちたるものでなくして、捨てられたもの、見向かれないもの、気取つていへば、在るものをそのまゝ人間的に活かすのである。」

今日のうれしさは草鞋のよさは

昭和五年十月十二日の行乞記にある俳句。草鞋《わらじ》は稲藁で編んだ、草履《ぞうり》に似た履き物である。自家を中心とする近距離では草履を利用し、草鞋は遠くへ旅行するときに重宝する。その効用を行乞記（昭和五年九月三十日）には次のように書く。

「今日、求めた草鞋は（此辺にはあまり草鞋を売つてゐない）よかつた、草鞋がしつくりと足についた気分は、私のやうな旅人のみが知る嬉しさである、芭蕉は旅の願ひとしてよい宿とよい草鞋とをあげた、それは今も昔も変らない、心も軽く身も軽く歩いて、心おきのない、情のあたゝかい宿におちついた旅人はほんとうに幸福である。」

芭蕉を引き合いに出しての草鞋礼賛だが、東京と大阪を特急列車なら十時間ほどで結んでいた時代だ。長距離を歩くには草鞋がよかったかもしれないが、丸一日も歩けば傷んでしまう。昔は掛茶屋などに売っており、いつでも入手できた。けれどだんだん廃れていったようで、草鞋が欲しくても買えなくなっていったようだ。前出文の翌日には次のように書く。

「今日、歩きつゝつく〴〵思つたことである、――汽車があるのに、自動車があるのに、歩くのは、しかも草鞋をはいて歩くのは、何といふ時代おくれの不経済な骨折だらう（事実、今日の道を自動車と自転車とは時々通つたが、歩く人には殆んど逢はなかつた）、然り而して、その馬鹿らしさを敢て行ふところに、悧巧でない私の存在理由があるのだ。」

蓼《たで》食う虫も好き好き、ということばがある。それほど好んで行乞を選んだのではなかろうが、山頭火は歩くことに意義を見出している。それは彼の生きることへの根幹ともなる問題で、じっくりと考えなければならない。草鞋はそれを支える必需品として重視するのは当たり前のことだ。

草鞋かろく別れの言葉もかろく

秋の空高く巡査に叱られた

初出は同前、前書には「行乞即事」とある。托鉢している現場において巡査に叱られたというのだ。昭和七年四月には「巡査が威張る春風が吹く」の作もあるが、秋天や春風といった気分のよい天気なのに巡査が威張り、弱者を叱るというのはどうしたことか。「無能無産なる禅坊主の私は、死なゝいかぎり、かうして余生をむさぼる外ないではないか、あゝ」（昭和七年四月一日）と書いている。

巡査というのは、警察官の階級の一つ。当時は一等から三等まであって、面と向かって国民に命令と強制をなし、自由を制限するために権力を行使した。最も下層の行乞者などは不用な存在であり、目の敵《かたき》にされている。

日の当たる場所で行乞者に出歩かれては、国家警察の沽券《こけん》に関わる。そのために取締りは厳しく、京都で皇位継承の大典が行われた昭和三年秋には関西を通過するのも憚《はば》かられた。たとえば東京に住む師の荻原井泉水に、その旨を岡山から出したハガキ（昭和三年七月二十八日）には次のように記している。

「私は漸く四国巡拝を終つて小豆島に渡り昨日当地まで参りました、今年中には御地まで参れませう、（御大礼がありますので、それがすみますまでは放浪者は遠慮しなければなりますまい）。」

旧皇室典範（一八八九年）、登極令（一九〇九年）において、即位の礼は秋冬の間に京都で行うことなどの詳細が定められていた。それに準じて警察による取締りも強化され、山頭火のような放浪者が先ず排除の対象となる。

掲出の句は鹿児島県志布志での作。その前日の行乞記には次のように書く。

「九時から十一時まで行乞、こんなに早う止めるつもりではなかつたけれど、巡査にやかましくいはれたので、裏町へ出て、駅で新聞を読んで戻つて来たのである（だいたい鹿児島県は行乞、押売、すべての見師《ママ》〔註・世間師〕の行動について法文通りの取締をするさうだ）。」

まづ水を飲みそれからお経を

しみ〴〵食べる飯ばかりの飯である

昭和五年十月十六日、宮崎県高岡町での作。行乞記には「今日はめづらしく弁当行李に御飯をちよんびり入れて来た、それを草原で食べたが、前は山、後も山、上は大空、下は河、蝶々がひらりと飛んで来たり、草が箸を動かす手に触れたりして、おいしく食べた」と書く。

前日には梅屋という木賃宿に六十銭分の代を支払って泊まっている。托鉢で得た米で換算する場合も多いが、夕食と翌日に朝食がつく。朝飯分を少々残して弁当行李につめ、それを昼食とすることもあった。御菜を副えるときもあったが、たいていは飯ばかりの飯だ。

飯といえば穀類を炊いたものの総称。現在は米に水を加えて炊いたものと考えられている。けれど米が国民の常食となったのは第二次世界大戦後で、配給制度が確立されて以後だ。それまでは盆や正月、祭り、節供などには米の飯を食べたが、日常は米に麦や粟などの雑穀を混炊した麦飯や粟飯を食していた。

山頭火の昼の弁当も米ばかりの飯だけではなかったはずだが、心に深くしみ入る味だった。昭和四年十月にはニューヨーク株が大暴落し、やがて日本も大不況に陥っている。昭和五年九月十六日、熊本県人吉で書いた行乞記には次のような記述がある。

「此辺の山家では椎茸は安いし繭は安いし、どうにもやりきれないさうな、桑畑をつぶしてしまいひたいけれど、役場からの慰撫によつて、やつと見合せてゐるさうな、また日傭稼人は朝から晩まで汗水垂らして、男で八十銭、女で五十銭、炭を焼いて一日せい〴〵二十五銭、鮎（球磨川名産）を一生懸命釣つて日収七八十銭、――なるほど、それでは死なゝいだけだ、生きてゐる楽しみはない、――私自身の生活が勿躰ないと思ふ。」

十月十五日には次のように書く。
「途上、行乞しつゝ、農村の疲弊を感ぜざるを得なかつた、日本にとつて農村の疲弊ほど恐ろしいものはないと思ふ、豊年で困る、蚕を飼つて損をする――いつたい、そんな事があつていゝものか、あるべきなのか。」

或る農村の風景（連作）

脱穀機の休むひまなく手も足も
八番目の子が泣きわめく母の夕べ
損するばかりの蚕飼ふとていそがしう食べ
出来秋のまんなかで暮らしかねてゐる

いづれは土くれのやすけさで土に寝る

十月十七日、一昨日からの宿梅屋を午前八時に出立。ふだんなら行乞をはじめるところだが、発熱して悪寒が起こる。一番恐れるのは行路病者、行き倒れとなることで、もしやとの不安がよぎった。

歩けなくて路傍の小さな堂宇の狭い板敷に横になっていた。そんなとき近傍の子供四、五人がやさしく声を掛けてくれ、地面に敷いた莫蓙の上に寝なさいという。親切に甘えて熱に燃え悪寒にふるえる身体を横たえた。

大地ひえ〴〵として熱あるからだをまかす
このまゝ死んでしまふかも知れない土に寝る

うつらうつらと二時間ばかり寝ているうちに、大地が熱を吸い取ってくれたか、熱も冷めた。足元もひょろつかず声も出せそうなので二時間ばかり行乞して、今夜の宿代をかせいだという。そうしなければ生きていけない。

大地に身を横えている間に去来するのは、やはり死のことだった。掲出句もこのときの句であり、死ねばいずれは土塊《つちくれ》になるのだという気構えを詠む。その六日前には木賃宿で同宿の人たちから聞いた話を印象深く書いている。

「どれもこれもアル中毒者だ（私もその一人であることに間違ひない）、朝から飲んでゐる（飲むといへばこの地方では諸焼酎の外の何物でもない）、彼等は彼等にふさはしい人生観を持つてゐる、体験の宗教とでもいはうか。

コロリ往生――脳溢血乃至心臓麻痺でくたばる事だ――のありがたさ、望ましさを語つたり語られたりする。」

ふりかへらない道をいそぐ

昭和五年十月二十二日、宮崎市内の句友の家に泊めてもらって別れに際しての句だ。「層雲」は明治四十四年の創刊で、山頭火は大正二年ころから出句する古参の俳人である。自由律俳句は虚子の「ホトトギス」と対抗して、全国的に二大勢力の一翼を担っていた時代もあった。宮崎市内にも「層雲」の仲間はいて、行乞中の山頭火を大先輩として迎え歓待している。

翌日になれば元の行乞者となって別れなければならない。そんなとき振り返れば、先へ一歩も進めなくなる。それは本人が最もよく知るところで、振り返らないのが世捨人の宿命と自覚していた。けれど気になるのは俳人としての情の部分だ。それは「自嘲」とみずからを嘲りながらも、次のような名句を遺している。

うしろすがたのしぐれてゆくか

いちにち雨ふり一隅を守つてゐた

「木賃宿生活」と但し書きを付けた一句。昭和五年十一月十日、大分県湯平温泉での作。行乞記には「冷たい雨が降つてゐるし、腹工合もよくないので、滞在休養して原稿でも書かうと思つてゐたら、だん〳〵霽れて青空が見えて来た。十時過ぎて濡れた草鞋を穿く、すこし冷たい、山国らしくてよろしい、沿道のところ〴〵を行乞して湯ノ平温泉といふこゝへ着いたのは四時、さつそく一浴一杯、ぶら〳〵そこらあたりを歩いたことである」と書く。

行乞記を読むかぎりでは、雨は午前中に上がっており、行乞もやっている。「滞在休養して原稿でも書かう」と思ったのは予定であって、実際には木賃宿の一隅を守ってじっとしていたのは仮構であろう。一日の食は一日の行乞でまかない、余分があれば酒を飲む。温泉でゆっくり休養するほどの余裕はないが、湯平温泉が気に入って文人気取りになっての作か。

この日の行乞記は日ごろと比べて筆が走っている。「ルンペンの第六感、さういふ第六感を、幸か不幸か、私も与へられてゐる、人は誰でも五感を通り越して第六感に到つて、多少話せる」と書く。

第六感とは五官以外にあるとされる感覚で、物事の本質を直感的に感じとる心の働き。その第六感を働かしての作が掲出句でもあった。

風の中声はりあげて南無観世音菩薩

行乞とは「乞食《こつじき》を行ずる」意だ。鉢を持って市中を歩き、他人の家の前に立って施しの米や金銭を受けて回ること。昭和五年十一月二十二日、下関での作である。

托鉢の際には観音経あるいは般若心経を読経する。掲句における〈南無〉は観世音菩薩を信じ敬い、帰依しますという意味のサンスクリット語。観世音はあまたの衆生の諸難、苦悩を救済すると説くのが観音経である。

その読経を聞いてもらいたいが、無視されがちだ。「お経とゞかないヂヤズの騒音」の句に次いで詠んだのが掲出の俳句。〈声はりあげて〉は精一杯のアピールであった。

昭和七年一月二十日、唐津市街を行乞したときは次の作がある。

山へ空へ摩訶般若波羅密《ママ》多心経

行乞記には「九時過ぎから三時頃まで行乞、今日の行乞は気分も所得もよかつた、しみ〲仏陀の慈蔭を思ふ」と記している。満足の態で、山へ向かって空へ向かって大声で般若心経を読経したのだろうか。摩訶は下にくる語を讃美し強調する接頭語で、すぐれている、偉大であることを意味する。

みすぼらしい影とおもふに木の葉ふる

昭和五年十一月二十八日、句友であり支援者である木村緑平宅に滞在していたときの作。北九州には「層雲」所属の句友も多く、十九日には門司の源三郎居、そののち下関の地橙孫居、八幡の星城子居の食客となり、約一週間後には最も気が置けない緑平居に転がりこんだ。

行乞は毎日が辛い修行だが、句友たちに会えば甘やかされる。そんなことは重々分っていながら、ついつい甘え心が起こるのだ。自省の気持ちも一方にあって、行乞記には次のように書く。

「昨日もうらゝかな日和であつたが、今日はもつとほがらかなお天気である、歩いてゐて、しみ〴〵歩くことの幸福を感じさせられた、明夜は句会、それまで近郊を歩くつもりで、八時緑平居を出る、どうも近来、停滞し勝ちで、あんまり安易に狎れたやうである、一日歩かなければ一日の堕落だ、などゝ考へながら河に沿うて伊田の方へのぼる、とても行乞なんか出来るものぢやない（緑平さんが、ちやんとドヤ銭とキス代とを下さつた、下さつたといへば星城子さんからも草鞋銭をいたゞいた）」

懐には句友から貰った金がある。安心して遊べるが、それでよいのかと自責の念にもかられた。掲出句の前書には「自嘲」と付け、自身の姿をたいへん貧弱なものと決め付ける。けれど下句〈木の葉ふる〉において、山頭火らしさを取り戻す。翌十一月二十九日の行乞記においては次のように書く。

「行乞は雲のゆく如く、水の流れるやうでなければならない、ちよつとでも滞つたら、すぐ紊れてしまふ、与へられるまゝで生きる、木の葉の散るやうに、風の吹くやうに、縁があればとゞまり縁がなければ去る、そこまで到達しなければ何の行乞ぞやである、やつぱり歩々到着だ。」

霜夜の寝床がどこかにあらう

無宿の放浪者にとって最も侘びしい時期といえば、年末から正月だろう。昭和五年十二月十五日には熊本市内を彷徨。行乞記には次のように書く。

「苦味生さんの好意にあまえて汽車で熊本入、百余日さまよいあるいて、また熊本の土地をふんだわけであるが、さびしいよろこびだ、寥平さんを訪ねる、不在、馬酔木さんを訪ねて夕飯の御馳走になり、同道して元寛さんを訪ねる、十一時過ぎまで話して別れる、さてどこに泊らうか、もうおそくて私の泊るやうな宿はない、宿はあつても泊るだけの金がない、まゝよ、一杯ひつかけて駅の待合室のベンチに寝ころんだ、ずゐぶんなさけなかつたけれど。……」

その日の句作は、

あてもなくさまよう笠に霜ふるらしい
寝るところが見つからないふるさとの空
霜 夜 の 寝 床 が 見 つ か ら な い

熊本は大正五年に破産したのち、再起をはかるため妻子を連れて移り住んだ場所だ。戸籍上は離婚していたが、彼女は元のまま店を営んでいる。かつての句友や友人も幾人かはいて、彼にとっては第二のふるさとであった。けれど「こんど熊本に戻つてきて、ルンペンの悲哀をつくぐ〵感じた、今日一日は一句も出来なかつた」(十二月十六日)と困惑している。

掲出句は昭和六年三月号の「層雲」に発表している。行乞記では寝床が見つからず消沈しているが、発表の決定稿では〈どこかにあらう〉と禅坊主のふてぶてしさも発揮。句集『草木塔』にも収録の自選の一句だ。

越えてゆく山また山は冬の山

昭和六年十二月三十一日、福岡県の飯塚市と筑紫野市に跨る冷水《ひやみず》峠を越えたときの作。標高二八三メートル、江戸時代には長崎街道の難所として知られたところ。峠の下は筑豊本線がトンネル（延長三キロ余）で抜け、筑豊地方と筑後地方を結ぶ交通の要衝である。

約一週間前には人口に膾炙する「うしろすがたのしぐれてゆくか」の名吟を遺している。句集『草木塔』の詞書では「昭和六年、熊本に落ちつくべく努めたけれど、どうしても落ちつけなかつた。またもや旅から旅へ旅しつづけるばかりである」と記す。その一連の旅の続きに詠まれた一句だ。前日の行乞記の日付の下には例のごとく天気と行程、宿の善し悪しをメモしている。

「晴れたり曇つたり、徒歩七里、長尾駅前の後藤屋に泊る、木賃二十五銭、しづかで、しんせつで、うれしかつた、躊躇なく特上の印をつける。」

本文では「早朝、地下袋を穿いて急ぎ歩く、山家、内野、長尾といふやうな田舎街を行乞する、冷水峠は長かつた、久しぶりに山路を歩いたので身心がさつぱりした、こゝへ着いたのは四時、さつそく豆田炭坑の湯に入れて貰つた」と書く。木賃宿が気に入って、昭和七年の正月はそこで迎えている。年頭にあたっての誓いは次のような文言であった。

「私が欣求してやまないのは、悠々として迫らない心である、渾然として自他を絶した境である、その根源は信念であり、その表現が句である、歩いて、歩いて、そこまで歩かなければならないのである。」

いつまで旅することの爪をきる

初出は昭和七年四月号の「層雲」で、のちに句集『草木塔』に収録。行乞記の昭和七年一月十六日には「いつまで旅する爪をきる」と直截な表現だ。その日の記録では、

「句稿を整理して井師へ送る、一年振の俳句ともいへる、送句ともいへる、とにかく井師の言のやうに、私は旅に出てゐなければ句は出来ないのかも知れない。」

井師というのは「層雲」主宰の荻原井泉水。送句が一年振りというのは、熊本に留まって三八九居を営もうとしていた時期だからだ。個人誌「三八九集」を発行して自活の道を模索したが、やがて行きづまった。前年暮れには旅に出て、中断していた行乞記を再び書きはじめている。前年十二月二十二日、その冒頭には次のように記す。

「私はまた旅に出た。——

『私はまた草鞋を穿かなければならなくなりました、旅から旅へ旅しつゞける外ない私でありました』と親しい人々に書いた。」

木賃宿に寛いで一杯飲めれば幸せな気分だが、そういう夜は滅多にない。気持ちよく旅を続けるために、彼は草鞋《わらじ》にこだわっている。同時に爪の手入れも重要なことだ。爪を切りながらつくづく考えることは、自身の生い先のことであった。

さみしい風が歩かせる

昭和七年二月二十六日、行乞記にある一句。前日と前々日の記述には、まとめて「吹雪に吹きまくられて行乞、辛かつたけれど、それはみんな自業自得だ、罪障は償はなければならない、否、償はずにはゐられない」と書く。

彼のいう自業自得、罪障とは何か。自らが招いた悪い報いであり、往生の妨げとなる罪業ということだ。日頃は「歩かない日はさみしい」と言い続けている山頭火である。歩くことには積極的で、生きる根幹でもあったはずだ。けれど掲出句では、風によって歩かされている。どうしたのか。

行乞記を読むだけでは判然としない。真相は木村緑平あての手紙によって明らかになる。全文を引用しておこう。

「緑平老へ物申す――

どうでもかうでも――あなたの感情を△△して、こんな恥づかしい事を申上げなければなりません、ゲルト三百五十銭送つていたゞけますまいか、少し飲みすぎてインバイを買つたのであります、白船老には内々で――誰にも内々で。――

水を渡つて女買ひに行く

お返事を待つてはゐますが、実のところ、あまりよいお返事は期待してをりません、といつて。――

たゞ食べてゐる親豚仔豚 (豚小屋即事)

島原局留置で。――」

行乞記には二十日まで「島原で休養」と書いているが、留置場に留め置かれていたのだろう。俗称で豚箱というが、手紙文中の「豚小屋即事」は照れ隠しの一句だ。

雪の法衣の重うなる

昭和七年二月二十八日の行乞記には「雪中行乞」と註を付けた一句。佐賀県の有明海に臨む地方を行乞しているときの作で、「毎日シケる、けふも雪中行乞、つらいことはつらいけれど張合があつて、かへつてよろしい」と書いている。

長崎県の島原において留置されていたのは約一週間前。解放された翌日には「久しぶりに歩いた、行乞した、山は海はやつぱり美しい、いちにち風に吹かれた」と書いている。悪天候つづきで「晴曇定めなくして雪ふる」「けふも雪と風だ」などとも書く。罪滅ぼしの気持ちもあって、雪の降る中でも行乞をしたのだろうか。

掲出句は雪にそぼ濡れることで、着てる法衣がだんだん重くなる、と率直な詠みぶりだ。気分はどうなのか。身中に巣くった憑き物がすっかり落ちたような爽快さで、転一歩の決意も秘めている。

彼は出家の身だから、僧として戒を守らなければならない。そんなときは窮屈なくらい大真面目だが、鬱屈した感情は溜ったマグマが爆発するように破戒の行動となる。その後は懺悔、懺悔で自己を苛む。そんな繰り返しが彼の人生の特色ともいえるのだが、掲出句を詠んだ翌日の行乞記には次のように書いている。

「心の友に、——我昔所造諸惑業、皆由無始貪瞋痴、従身□意之生、一切我今皆懺悔、こゝにまた私は懺悔文を書きつけます、雪が——雪のつめたさよりもそのあたゝかさが私を眼醒ましてくれました、私は今、身心を新たにして自他を省察してをります。……」

よい湯からよい月へ出た

句集『草木塔』に所収の一句。初出は昭和七年六月号の『層雲』に発表している。行乞記には同年四月四日の記述に「笠へぽつとり椿だつた」などの句とともに見出せる。

三月二十七日、食中りで動けなくて、佐世保市の宿で終日臥床。といって、ゆったり寝ている余裕はない。無理を押して行乞しながら平戸まで来た。けれど四月二日には「また腹痛と下痢だ、終日臥床」と日付の下に説明書きを付けて、行乞記の本文には次のように書く。

「April fool！　昨日はさうだつたが今日もさうらしい、恐らくは明日も――マコト　ソラゴト　コキマゼテ、人生の団子をこしらへるのか！」

三日も四日も腹がしくしくと痛む。それでも行乞を続けたが、朗報は留置郵便が届いていたこと。それを受け取ると急に元気を取り戻している。「此宿はよい、電燈を惜むのが玉に疵だ（メートルだから）」と書きながらも気分は一新。暗がりの中で湯に浸ったから、月の明るさが身に沁みる。掲句の背景だ。

五・七の短律句で、〈よい〉の繰り返しに快い律動感がある。山頭火ならではの一句。昭和九年作には「そこから青田のよい湯かげん」の作も。

忘れようとするその顔の泣いてゐる

昭和七年四月六日の行乞記の中にある一句。註として「夢」とあるから、〈その顔〉とは夢に見た顔だろう。

前月末から体調を崩し、終日臥床することもあったが、その日の糧を得るために行乞を続けている。安らかに眠れるはずがない。そんなときには夢を見る。それも悪夢だ。

「とう〳〵一睡もしなかつた、とろ〳〵するかと思へば夢、悪夢、斬られたり、突かれたり、だまされたり、すかされたり、七転八倒、さよなら!」(昭和七年四月三日)

また掲出句を詠んだ当日の行乞記には次のように書く。

「死! 死を考へると、どきりとせずにはゐられない、生をあきらめ死をあきらめてゐないからだ、ほんたうの安心が出来てゐないからだ、何のための出離ぞ、何のための行脚ぞ、あゝ!」

ところで泣いている顔は誰だろう。後年には「酔うて乱れて、何が母の忌日だ、地下の母は泣いたらう」(昭和八年三月六日)と書くように、母の泣き顔を思い出しての作か。

風のトンネルぬけてすぐ乞ひはじめる

昭和七年四月二十日、行乞記にある俳句。風の吹き抜けるトンネルだろうか。出外れたところは、いくぶん風も穏やかとなる。そこを先途として行乞をはじめるという。

ただ漫然と托鉢をはじめるのでは物貰いと変わらない。彼はよく行乞相という言葉を使う。乞食を行ずるのが行乞であり、省みてその態度や行動にやましさはなかったかと真偽を確かめる語である。行乞記の中で、彼はどう書いているか。昭和五年十一月七日には、

「今日の行乞相も及第はたしかだ、行乞相がいゝとかわるいとかいふのは行乞者が被行乞者に勝つか負けるかによる、いひかへれば、心の境のために動かされるか動かされる《ママ》かによる、随処為主の心境に近いか遠いかによる（その心境になりきることは到底望めない、凡夫のあさましさだ、同時に凡夫のよさだ、ともいへやう。）」

文中「随処為主」とあるのは『臨済録』にある「随処作主　立処皆真」の意と同類だろう。いかなるところに於いても、主人公となるならば、おのれがいる場所はみな真実の場となるということ。自信をもって行動せよということで、その間合いをはかることが、行乞にも必要なのである。それがなかなかうまくいかない。同年四月十日の行乞記には次のような感慨をもら

している。

「人間に対して行乞せずに、自然に向つて行乞したい、いひかへれば、木の実草の実を食べてゐたい。」

昭和九年には次のような句も詠んでいる。

柳ちるそこから乞ひはじめる

雨なれば雨をあゆむ

昭和七年四月二十三日、行乞記にある一句。「わざと風雨の中を歩いた、先日来とかく安易になつた気持を払拭しようという殊勝な心がけからである」と書く。それは多分に個人的な思い込みによるものだが、他方では禅坊主として解脱の境地に入りたいと望む気持があっての作。

木村緑平あてのハガキでは「これは俳句ではありません、禅門の一句のつもり」と明かしている。確かにそうかもしれないが、自由律俳句が目指した一つの新境地といってもよかろう。

花いばら、ここの土とならうよ

自選句集『草木塔』に「川棚温泉」と前書を付けて収録。初出は「層雲」昭和七年九月号に発表しているが、行乞記には六月二十一日に記している。日記の表記は「こゝの」である。〈ここの土とならうよ〉というのは、この土地で死ぬことになるだろうよ、の意。

ここの土というのは現在の下関市豊浦町川棚。およそ一ヵ月前の五月二十五、二十六日に温泉場の木賃宿に泊まっている。そこでたまたま発熱して休養、行乞記には次のように書く。

「病んで三日間動けなかつたといふことが、私をして此地に安住の決心を固めさせた、世の中の事は、人生の事は何がどうなるか解るものぢやない、これもいはゆる因縁時節か。」

いかにも唐突な決心だが、安住の地にするためにはそれ相応の準備と手続きがいる。計画では気に入る場所を見つけて、そこに草庵を建てること、先立つものは金であるが、これは句友の木村緑平や「層雲」所属の俳人たちに頼ろうとした。

いよいよ草庵を結ぶことになれば、土地の有力者たちの理解が必要である。条件としては土地の住人の保証人二名を立てること。死んだときの遺骸は誰が始末するか。あれこれ厄介な要求が突き付けられ川棚温泉での結庵は諦らめざるを得なかった。

蕪村の句には「花いばら故郷の路に似たるかな」があり、山頭火もまた望郷の念にかられて川棚温泉を安住の地にと望んだ。が花いばらには多くの刺《とげ》があり、放浪の無宿者にはつれなかった。草庵を結びたいと思い立って九十五日間も奮闘するが、途中の行乞記の中では次のように書く。

「何故生きてるか、と問はれて、生きてるから生きてる、と答へることが出来るやうになつた、此問答の中に、私の人生観も社会観も宇宙観もすべてが籠つてゐるのだ。」

けふはおわかれの糸瓜がぶらり

前出句に対応するもので、「川棚を去る」と前書が付く。季節は夏の〈花いばら〉から〈糸瓜がぶらり〉と秋へ推移。いかにも重い気分を象徴するのが〈ぶらり〉の語だ。行乞記には「百日の滞在が倦怠となつたゞけだ、生きることのむつかしさを今更のやうに教へられたゞけだ、世間といふものがどんなに意地悪いかを如実に見せつけられたゞけだつた、とにかく、事こゝに到つては万事休す、去る外ない」（昭和七年八月二十七日）と書く。続いて掲出の句となるが、表記が少々異なる。

けふはおわかれのへちまがぶらり（留別）

留別とは去る者が残る者に別れを告げること。長逗留の木下旅館の次男坊とは仲が良かったから、留別の気持ちがあったはずだ。他は「狡猾な田舎者」と日頃の彼とは違って口汚い。「形勢急転、痏癪破裂、即時出立、——といつたやうな語句しか使へない」と憤懣やる方ない様子だ。といって自棄になっては破滅するほかない。行乞記ではこれに続けて次のように書く。

「其中庵遂に流産、しかしそれは川棚に於ける其中庵の流産だ、庵居の地は川棚に限らない、人間至るところ山あり水あり、どこにでもあるのだ、私の其中庵は！」（昭七年八月二十六日）

庵を結ぼうとしたときから、その名は其中庵と決めていた。〈其中〉とは妙法蓮華経普門品第二十五の中に其中一人の語で出てくる。観世音菩薩があまねく衆生《しゅじょう》を救済することを説いた内容で、観音信仰の根拠ともなり広く読まれる経典である。別名観音経という。山頭火が出家得度して味取観音堂の堂守となったときの先ず名吟は「松はみな枝垂れて南無観世音」であった。

なつめたわゝにうれてこゝに住めとばかりに

註記に「其中庵即事」とある。昭和七年九月十七日、行乞記にある俳句だ。苦労を重ねて草庵を結ぶことを願いながら頓挫、頓挫で意気消沈。けれど捨てる神あれば拾う神ありだ。「層雲」句友で小郡（現在は山口市）に住む国森樹明が、山頭火の結庵計画に大いに協力したのである。その経緯は個人雑誌「三八九」復活第四集（昭七年十二月十五日）に「『鉢の子』から『其中庵』まで」と題した随筆に書いている。川棚をあとにしてからの関連する様子を引用しておこう。

「私の心は明るいとはいへないまでも重くはなかつた。私の行手には小郡があつた、そこには樹明兄がゐる。そのさきには敬治兄がゐる。その近くのA村は水が清くて山がしづかだつた。それを私ははつきりと記憶してゐる。

『もし川棚の方がいけないやうでしたら、ここにも庵居するに似合な家がないでもありませんよ。』此夏二度目に樹明兄を訪ねてきた時、兄が洩らした会話の一節だつた。私はその時はまだ川棚に執着してゐたので、その深切だけを頂戴した。それが今はその深切の実を頂戴すべ

く、へうぜんとしてやつてきたのである。（中略）

屋根が葺きかへられる。便所が改築される（といふのは、独身者は老衰の場合を予想してをかなければならないから）。畳を敷いて障子を張る。――樹明兄、冬村兄の活動振は眼ざましいといふよりも涙ぐましいものであつた。

昭和七年九月二十日、私は其中庵の主となつた。」

かくして、山頭火は落ち着きどころを得たわけであり、一所不住の放浪にも終止符を打ったのである。

所在を求めて

わが道

自然から風景へ

山頭火にどうして興味を持つようになったか、とよく聞かれる。今こそポピュラーになった俳人だが、四十年も前は浅薄な偏見から異端視されることが多かった。私はそんな人物になぜか心をひかれて、足跡を追っかけ長いときは一ヶ月近くも野宿覚悟で旅に出たものだ。そんなふうだったから、当時は私自身も相当な変わりものと思われていた。

私が山頭火という俳人の存在を知った縁は、伊予の松山に住んでいたからだ。彼は死去する一年前にやってきて、道後温泉から一キロほど離れた御幸山の山裾に草庵を結んで住んでいた。といって当時のことはまったく知らない。私が生まれたのは山頭火が死んで一年後であった。

松山は城を中心に開けた典型的な城下町である。城北地区は城山からこれも一キロほどの間隔しかなく、北側に御幸山の山裾が迫っている。いわば城山の真裏に所在したのが、山頭火の結んだ一草庵であった。そこでの生活は句の前書で書いている。「わが庵は御幸山裾にうづくまり、お宮とお寺とにいだかれてゐる。／老いてはとかく物に倦みやすく、一人一草の簡素で事足る、所詮私の道は私の愚をつらぬくより外にはありえない。」

しみじみ読めば実に印象ぶかい一文だと思う。隠遁文学のエッセンスがここにある。これに応じて本体である次の俳句が続く。

おちついて死ねさうな草萌ゆる

安心立命の境地というか、自然の中で人間の達観した世界が一句として成り立っている。この俳句を初めて知ったのは一九六二年、私が大学二年のころだったが、当初とくに感銘を受けたという記憶はない。

私の住んでいたころの松山は、たしか人口十五万人くらい、今は五十万人というからずいぶんと容相も異なる。一草庵のあたりも閑静で、一種別世界に遊ぶ趣があった。といって朝夕見慣れた景観で、そこに山頭火という風流人士が住んでいたくらいの知識しかなかった。それがふと私の脳裏に去来しはじめたのは、インドにおいてというのが不思議だ。

特に思いつめた気持ちはなかったが、日本でない他のどこかへ行きたいと願望していた。血気にはやる二十代半ばのころだ。今思い出しても夢のようで、また実際のインドへの旅は空漠たるもので、自分自身もまた雲散霧消するかの危惧を感じた。そんなとき不思議に浮かんできたのが、松山の御幸山裾にうずくまる一草庵の景観なのだ。句の前書の細かい字句は暗誦していなかったが、かつて慣れ親しんでいた自然は私の中で懐かしい風景となって去来しはじめたのである。そして、山頭火の俳句「おちついて死ねさうな草萌ゆる」の意味をつらつらかみしめていたことを思い出す。インドにはインド人の死に方、日本には日本人の死に方があるのだと漠然と思いながら、徐々に山頭火が気がかりな人物になっていく思いがあった。

あるいは一草庵で詠んだ山頭火の俳句は、最晩年に至りついた一つ境地であったろう。幸い所在の場所もよかった。そこは句の前書にもあるように山裾にうずくまる草庵で東側に護国神社、裏側に御幸寺と並び、前面には小川が流れ、それに沿って遍路みちが通じている。そして視界の開けた南方はほどよく城山でさえぎられ、あたかも別天地のようであった。つねに日本人が偏愛してやまない死に場所というのは、こんなところであったのだろう。

ところで山頭火の身を置いた最晩年の風景について書いたからには、ここに至る最初の漂泊の風景にも触れておきたい。旅の果ての落ち着きどころは山裾の草庵だったが、旅に出てはじめて目指したのは山へ向かって歩くことだった。その消息の知れる句と前書を示してみよう。

　大正十五年四月、解くすべもない惑ひを背負うて、行乞流転の旅に出た。

分け入つても分け入つても青い山

前書にある「解くすべもない惑ひ」とは何だったか。これを仏教では煩悩というが、句はそれに応じて、分け入っても分け入っても前方の山並は幾重にも連なっているように、煩悩は尽きないことを言いたかったか。

それを実景と重ね合わせて詠んだのだろう。つまり重畳する山々の自然を風景として捉え、そこに自らの感懐を吹き込んだ句なのである。このとき山頭火にとっての「青い山」は解くすべもない煩悩であり、また蘇軾の詩にも「是処青山可レ埋レ骨」とある骨を埋める場所であったかもしれない。

しぐるるや死なないでゐる　　山頭火
しぐるるやしぐるる山へ歩み入る
すべってころんで山がひっそり
水音といつしよに里へ下りて来た

山頭火の旅において、山は重大な意味を持つ。山にはわれわれを包む母胎のようなイメージもある。ために放浪流転の当初の旅は山へ山へ分け入ったともいえよう。

とにかく日本は、四周を海に囲まれた島国である。けれど七割以上が森林におおわれた山国というのも、特質すべき風土だと思う。放浪の旅では山も海も縁が深い。そのことについては山頭火の行乞記、昭和五年十月二日、日南海岸・鵜戸での記述を引用してみよう。「此附近の風景は土佐海岸によく似てゐる、たゞ石質が異る、土佐では巨巌が立つたり横たはつたりしてゐるが、こゝではまるで平石を敷いたやうな岩床である、しかしおしよせ、おしよせて、さつと砕け散る波のとゞろきはどちらも壮快である、絶景であることには誰も異論はなからう。

現在の私には、海の動揺は堪へられないものである、なるたけ早く山路へはいつてゆかう。」

こう書きながら、山へ向かおうとする自分の弱さを省みて、続けて次のようにも書いている。

「岩に波が、波が岩にもつれてゐる、それをぢつと観てゐると、岩と波とが闘つてゐるやうにもあるし、戯れてゐるやうにもある、しかしそれは人間がさう観るので、岩は無心、波も無心、非心非仏、即心即仏である。」

山頭火は自然としての海を眺めながら、「海の動揺」「岩と波とが闘つてゐる」と見るのは、「人間がそう見えるので」と、自然を風景として捉えなおしていることに言及している。そしてそのころ（九月二十一日）、親友木村緑平に出したハガキでは、山を風景として捉えようとする気持ちを次のように書く。

「　霧島は霧にかくれて赤とんぼ
ずゐぶん古めかしい句ですね、私はだんだんかういふ古典的な伝統的な世界に沈潜してゆきます、マルキスト連中とは対蹠的になつてゆきます、これでいい、それがホントウだ、それより外ないと思ひます、さうではありませんか、霧島登山はやめました、脚気もよくありませんし、お天気もおもはしくありませんし、財布の中の秋の風——山はやっぱり麓から眺めるほうがいいかも知れませんね、山は征服するよりも鑑賞したいと思ひます、奥様によろしく、あなたにだけは消息をたやしません、明日は都城です、お大切に。」

わが道遠く

この道しかない春の雪ふる　　山頭火
このみちをたどるほかない草のふかくも

山頭火にとって〈この道〉〈このみち〉とはなんだったのだろう。墨染めの衣に袈裟をかけ、一笠一杖そして一鉢を手に歩くうしろ姿は画材として多く描かれているのを見る。ひと昔前なら西行、芭蕉の風姿であったが、今は山頭火が大流行。活況を呈しているのは彼についての研究書などでなく、絵の素材になるからだ、と誰かが評していた。

歩くうしろ姿、そのイメージが山頭火の境涯を象徴するかに定着していく。図らずも「うしろすがたのしぐれてゆくか」の一句が人口に膾炙する。「おもしろうてやがてかなしき山頭火」などともじってみたくなる昨今の情況もあるが、さほどに拘るつもりはない。

〈この道〉といえば、山頭火のお気に入りのエピソードがある。行乞記では昭和五年十月九日の記述として、

「一昨日、書き洩らしてはならない珍問答を書き洩らしてゐた、大堂津で藷焼酎の生一本をひつかけて、ほろ〳〵機嫌で、やつてくると、妙な中年男がいやに丁寧にお辞儀をした、そして私が僧侶（?!）であることをたしかめてから、問うて曰く『道とは何でせうか』また曰く『心は何処に在りますか』道は遠きにあらず近きにあり、趙州曰く、平常心是道、常済大師曰く、逢茶喫茶、逢飯食飯、親に孝行なさい、子を可愛がりなさい――心は内にあらず外にあらず、さてどこにあるか、昔、達磨大師は慧可大師に何といはれたか、――あゝあなたは法華宗ですか、では自我偈を専念に読誦なすつたらいゝでせう―彼はまた丁寧にお辞儀して去つた、私は歩きつゝ微苦笑する外なかつた。」

ノートに万年筆でさらっと書き流しているが、達意の文章である。その夜の木賃宿には箒屋というむっつり爺さん、馬具屋というきょろきょろ兄さんと同室三人だったという。「隣室は世間師坊主の四人組、多分ダフのゴミだらう、真言、神道、男、女、面白い組合だ」と書くように、落ち着いて文章を書ける雰囲気ではなかった。

妙な中年男の宗旨は法華宗。山頭火の生家の宗旨は本願寺派の浄土真宗で、出家したのは禅

の曹洞宗だった。法華宗の自我偈にどれほどの知識があったか知らないが、即座の門答には的確に返答している。自我偈は本仏釈尊の久遠の成道を説くとともに衆生の住する娑婆界がそのまま寂光浄土であることを説いたものだ。

ところで、このエピソードは後年（昭和八年）書き改め、中年男との問答は次のように変わっている。

「あなたは禅宗の坊さんですか。……私の道はどこにありませうか」

「道は前にあります、まつすぐにお行きなさい」

これに続けて、道の何かを記そうとするのがこの文章の眼目。「道」と題した随筆で、山頭火は次のように書く。

「道は前にある、まつすぐに行かう。――これは私の信念である。この語句を裏書するだけの力量を私は具有してゐないけれど、この語句が暗示する意義は今でも間違つてゐないと信じてゐる。

句作の道―道としての句作についても同様の事がいへると思ふ。句材は随時随処にある、それをいかに把握するか、言葉をかへていへば、自然をどれだけ見得するか、そこに彼の人格が現はれ彼の境涯が成り立つ、彼の句格が定まり彼の句品が出て来るのである。

（中略）

道は非凡を求むるところになくして、平凡を行ずることにある。漸々修学から一超直入が生れるのである。飛躍の母胎は沈潜である。」

山頭火はずいぶん特異な境涯にあった人だ。それなのに「平凡を行ずること」に道がある、というのは意外な本音である。

ところで、この話は彼が亡くなる約一年前の話だが、四国遍路の途上で山頭火を慕う青年に出会っている。名を木村無相といったが、同宿同室で寝泊りした。その間は青年の行く末を案じ、真夜中に揺り起こし「流浪はいけない、流浪は止めなさい。流浪はもう私一人で沢山、私をもって最後としたい」と泣かんばかりに頼んだという。

山頭火は別れて後も青年のことが心配だった。手紙を差し出し、次のように書いている。

「よく考へて下さい、私も考へます、お互いに大切な時期ですよ。

第一策がいけなければ第二策第三策があります、流浪はいけません、私としてはたうてい賛成することが出来ません、その心持は解りすぎるほど解るだけに。

観念的に物事を考へないで、生活をがつちり体験する覚悟が何よりも大切であると思ひます、あたりまへの事をあたりまへに生かす心がまへを持ちつゞけたいものです、私自身のことは外にして。」

たいへんまともな考えである。それを大真面目に説く山頭火は、一見滑稽にも映る。けれど彼のいう〈この道〉の真情は、すべてここに集約されるものだろう。

山頭火は人の流浪を容認しない。けれど本人は文字どおりの流浪人で、そこに矛盾があって悩んだ人だ。

いつまで旅することの爪をきる　　山頭火
けふもいちにち風をあるいてきた
何を求める風の中ゆく

なぜ流浪の人となったのか。彼はある時期から流転放浪を〈この道しかない〉と決めているが、もちろん必然なものではなかったはず。あれこれ選択する余地はあったはずだし、むしろ人より恵まれた環境にあった。それがいつしか選択肢を失って、ついに乞食の境涯へと陥るのは珍しいことに違いない。そこに一貫した脈絡があるのか無いのか。あるなら、その脈絡をたどることで山頭火のいう〈この道〉も明らかになると思うのである。

出家得度して観音堂に住持していたころの、「松はみな枝垂れて南無観世音」の句は自選句集『草木塔』の巻頭の第一番目に収めている。観音堂を捨てての最初の一句は、

分け入つても分け入つても青い山

巷にはこれを素材の画も流通し、俳句もなじみやすいものとなっている。分け入って分け入って、山頭火はどこへ行こうとしたのだろうか。彼のうしろには踏み分けて歩いた細道があり、私たちはそれを遥かの後方から眺めているのである。

山頭火は言うように、元より非凡の道を求めていない。彼は「平凡を行ずること」に道があると説くわけで、これなら誰にとっても連続した道である。

この道しかない山頭火の道を、私は出家以前にも遡って探索してみることも大切である。それは次節で書くが、大正四年にはこんな句も作っている。

わが路遠く山に入る山のみどりかな

お前の道と私の道

よい道がよい建物へ、焼場です

道にもいろいろあるが、行き着く先が焼場というのでは希望がない。〈よい〉〈よい〉と繰り返し持ち上げておいて、焼場というのはとんだどんでん返し。気真面目な人なら怒りだすかもわからない。とにかく山頭火は、頼りにならない道案内人である。

もっとも彼に道案内人の自覚はなく、共に歩んで行こうというタイプの人間ではなかった。「雪ふる一人一人ゆく」とうそぶきながら、孤影をさらして振り向かない。そんな彼のうしろ姿を勝手にいとおしんでるだけだ。股旅ものの芝居に涙した日本人の琴線に触れるところが山頭火の旅にもあって、親しみを感じる人は少なくない。そこを強調しすぎると、演歌調と等し並み。難しいところだが、紙一重のところで、彼は命がけの芸術派であったことも間違いない。ぼろは着てても心は錦、というのは演歌の一節。これを芸術的にいえば最低の生活を営みながらも最高の精神を持続させて生きたということか。いわゆる清貧の思想というのは、インテリ好みで、そんなタイトルの本がよく売れた時期もあった。

山頭火も出家以前はインテリ臭ふんぷんと、次のように書いている。それは大正三年九月の「層雲」に掲載の随筆「砕けた瓦」の一節。

「泣きたい時に笑ひ、笑ひたい時に泣くのが私の生活だ。泣きたい時に泣き、笑いたい時に笑ふのが私の芸術である。」

生活と芸術との相違点が端的に表現されている。成る程と納得いく面もあり、そうかなと疑問も湧く。けれど山頭火の場合は生活と芸術が乖離していて、生活は嘘で芸術は真実の図式が出来あがっている。これを実際の生活に当てはめると、どんなことになるか。山頭火はその答えを引き続き次のように書く。

「Everyman sings his own song and follows lonely path ――お前はお前の歌をうたうてお前の道を歩め、私は私の歌をうたうて私の道を歩むばかりだ。驢馬は驢馬の足を曳きずつて、驢馬の鳴声を鳴くより外はない。

お前と私は長いこと手を握り合つて、同じ歌をうたひながら同じ道を進んで来た。しかも今や、二人は別々の歌をうたうて別々の道を歩まなければならなくなつた。

私達は別れなければならなくなつたことを悲しむ前に、理解なくして結んでゐるよりも、理解して離れることの幸福を考へなければならない。」

大正三年といえば彼は三十二歳であった。先祖代々の家屋敷は処分していたが、隣村で酒造業を営み、破産は翌々年のことである。結婚五年目で長男も生まれていた。このころ書いたのが引用の随筆で、家庭生活は崩壊寸前だったといってよかろう。

妻サキノの実家は佐波郡和田村高瀬というところ。種田家は佐波川の下流、彼女はその川筋を上流へどんどん遡った村の素封家に育っている。両家の父親同士が親友だったので、山頭火とサキノは見合結婚した。大正三年十月には新酒仕込みのための金を、山頭火自らが出かけて妻の実家から借り入れている。翌年も同様に借金しているから、酒造場の経営は窮状にあったのだろう。

妻の実家に一方で援助を頼みながら、山頭火は他方で妻と別れることを考えていたのだ。「泣きたい時に笑ひ、笑ひたい時に泣くのが私の生活だ」とは、そんな内情があっての文なのかもしれない。大正五年いよいよ破産して熊本へと落ちのびて行った後も、やっぱり妻の実家から支援があったと考えられる。

山頭火と妻サキノが熊本市内で開いた「雅楽多」という店は、街では一番繁華な場所であった。長男健の回想によれば、

「そのころは何の規制もない時代ですし、店は夜の十一時頃までしていました。額縁のほか、アルバムや、ブロマイドなどを売っておりましたが、同業者が少なかったことが繁盛した原因ではなかったでしょうか」（山田啓代著『山頭火の妻』）

その店については、山頭火が「白い路」（「層雲」大正六年一月）という随筆に書いている。一部を引用してみよう。

「今日は朝早くからお客さんが多い。店番をしながら、店頭装飾を改める。貧弱な商品を並べたり、拡げたり、額縁を出したり入れたりする。自分の缺点が嫌といふほど眼について腹立たしい気分になるので、気を取り直しては子と二人で、栗を焼いたり話したりする。久し振りに栗を食べた。なか〳〵甘い。故郷から贈つてくれたのだと思ふと、そのなかに故郷の好きな味

ひと嫌な匂ひとが潜んでゐるやうだ。
………（中略）………
夜は早く妻に店番を譲つて寝床へ這ひ込む。いつもの癖で、いろ〳〵の幻影がちらつく。私の前には一筋の白い路がある、果てしなく続く一筋の白い路が、……（大正五年十一月廿七日の生活記録より）」

引用文の前半は意外と神妙な店主ぶりだ。栗は妻の実家から送ってきたものだろう。「好きな味ひと嫌いな匂ひ」とは複雑な心境の反映か。以上が生活の部分だが、山頭火は他方に大きな存在を占める芸術があった。すなわち「私の前には一筋の白い路がある、果てしなく続く一筋の白い路が」と誘惑に駆られている。

酒造場経営の破産によって、その後しばらく意識の天秤は芸術よりも生活の方に傾いていた。けれど芸術を諦めていたわけでない。そのころ書いた「最近の感想」（「樹」大正五年十一月）末尾には、次のように書いている。

「一切の事象は内部化されなければならない。内部化されて初めて価値を持つ。
生命ある作品とは必然性を有する作品である。必然性は人間性のどん底にある。
詩人は自発的でなければならない。価値の創造者でなければならない。」

山頭火にとって当時、〈白い路〉はなお幻影であったようだが、内部化されるべき必然性をもつものでもあった。新しい価値観の創造のために、詩人は自発的でなければならない。そう自らに期するとき、志向は生活より芸術へと傾斜していった。彼は大正八年十月、〈白い路〉を歩むべく東京へ出て行くのだ。間もなく「層雲」(大正九年一月)に発表した俳句は「紅塵」十四句であった。

労れて戻る夜の角のいつものポストよ　　山頭火
霧ぼうぼうとうごめくは皆人なりし
　横浜居留地
夕風に外人の墓はいよいよ白かり
　同場末
電車路の草もやうやく枯れんとし
陽ぞ昇る空を支ふる建物の窓窓
電車終点ほつかりとした月ありし
赤きポスト都会の埃風吹けり

どうも思惑は外れたようだ。「紅塵」とは市街地にたつ塵である。転じて世のわずらわしい俗事の意もあるが、山頭火はたちまち都会の紅塵に紛れ、芸術どころではなかった。道を見失ったのである。新しい道を見出すまでに、長い彷徨が続く。

われはけふゆく

このみちや

いくたりゆきし

われはけふゆく

山頭火の現存する自筆ノートの第一冊目「行乞記」の扉に記した言葉である。〈このみち〉とは幾多の先人たちの歩みを念頭においての記述であろう。たとえば芭蕉は『幻住庵記』で、こう書いている。

「倩《つらつら》年月の移《うつり》こし拙き身の科をおもふに、ある時は仕官懸命の地をうらやみ、一《ひと》たびは仏籬祖室の扉《とぼそ》に入らむとせしも、たどりなき風雲に身をせめ、花鳥に情を労して、暫く生涯のはかり事とさへなれば、終に無能無才にして此一筋につながる」

芭蕉の人生にも紆余曲折はあったわけだ。つくづく思うに、過去のおろかな自分の、あやまち多い人生をふり返り、と彼は先ず反省する。あるときは官途について知行地をもらえる身分をうらやんだという。またある時は仏門に入って僧侶になろうとしたこともある。他方では定めなく漂泊する旅に身を苦しめ、花や鳥など自然の風物を詠ずるのに心をくだく人生だった。そこに生きがいを見出して、「終《つい》に無能無才にして此一筋につながる」というのが芭蕉の弁だ。

これに続けて「幻住庵記」の異本では、次の一文となる。

「凡《およそ》西行・宗祇の風雅にをける、雪舟の絵に置《をけ》る、利休が茶に置る、賢愚ひとしからざれども、其貫道《そのくわんどう》するものは一ならむ。」

少々の異同はあるが、これは紀行文『笈《おい》の小文《こぶみ》』の冒頭でも披瀝される芭蕉の芸術観であった。彼は西行の和歌、宗祇の連歌、雪舟の絵、利休の茶、それぞれ具現化されたものに貫道する内なる普遍を見出しているのだ。

山頭火が「このみちや」と書くとき、芭蕉の内なる普遍にどこまで思いを致していたか。まだ出家以前で、上京して浪々の身の大正九年ころに「芭蕉とチェーホフ」と題した論考を雑誌に発表したことがある。また第一冊目の「行乞記」をつけはじめて二カ月後、昭和五年十一月十日の大分県湯ノ平温泉、大分屋での記事には次のように書く。

「夜が長い、そして年寄は眼が覚めやすい、暗いうちに起きる、そして『旅人芭蕉』を読む、井師の見識に感じ苦味生さんの温情に感じる、ありがたい本だ（これで三度読む、六年前、二年前、そして今日)」。

当時、山頭火は感じるところがあって、句友の中村苦味生に頼み荻原井泉水著『旅人芭蕉』を旅先まで送ってもらったのだ。その本には一筋につながる、いわゆる道に対する芭蕉の心境が鮮やかに描かれている。井泉水の筆による関連の個所を引用してみよう。

「自分はとうとう無才無学、無能無芸で、たった一筋、この俳諧という道に引っぱられているのだった。(中略)この一筋の路が、自分の歩むべき本当の道であったのだ。その道を拓くために、自分は召し出されたのだ、という信念が、漸く四十歳を越えた頃から自分の心にはっきりと感じられて来た。そして、、和歌の道を踏んだ西行も、連歌の道を歩んだ宗祇も、絵画の道を進んだ雪舟も、又、茶の道を行った利休も、その道とその人というものが、切っても切れぬ因縁に繋がれていたのに相違ない。その道のためにその人が作り出されたのだともいえよう。その人が出て初めてその道が作られたのだともいえよう。そういう意味で、自分は西行の心や宗祇の心をぴったりと、自分の心の中に感ずることができる、と芭蕉は思った。」

井泉水の書く文には色濃く感情移入が施されている。それだけに身近さも感じられ、「行乞記」を書き進めるために、山頭火は再読したかったのだろう。彼は西行、宗祇、雪舟、利休、そして芭蕉へとつながる芸術に内なる普遍を再認識し、自らも同じく一筋の道へ踏み出していった。その決意が冒頭に示したような、「行乞記」の扉に記す言葉となったのである。

この「行乞記」を書きはじめる直前に、山頭火は古い日記をすべて焼き捨てている。なぜ焼き捨てたか、確かな理由は分らない。けれど彼の心境に大きな変化があったことは間違いなかろう。それまでの旅も、西行や芭蕉へとつながる内なる普遍性を求めての、おそらく再出発であった。漂泊流転の俳人として躍如たるものがあった。その足跡は詳細にたどれないが、「熊本を出発するとき、これまでの日記や手記はすべて焼き捨てゝしまつたが、記憶に残った句を整理した」と十九句を書き出している。

けふのみちのたんぽゝ咲いた
あの雲がおとした雨か濡れてゐる
こゝで泊らうつく〳〵ぼうし
寝ころべば露草だつた
旅のいくにち赤い尿して

焼き捨てた日記にあたる旅は、大正十五年四月から昭和四年末までの四年近い年月であった。その途中、師の井泉水から落ち着ける庵を世話しようかという話もあった。放哉が亡くなって、小豆島の南郷庵が空いていたのだ。それに答えて「兎にも角にも私は歩きます、歩けるだけ歩きます、歩いているうちに、落付きましたらば、どこぞ縁のある所で休ましていただきませう、それまでは野たれ死にをしても、私は一所不住の漂泊をつづけませう。」と返事を出している。

おもしろいのは、「歩いているうちに、落付きましたらば」という手紙の個所だ。普通なら歩いていると落ち着けないはずだが、どうなのだろう。人間の基本動作としては〈坐る〉か〈歩く〉かだ。はたしてどちらが落ち着けるのか。特に内なる普遍を念頭に置くなら、歴史的な領域の大問題だ。芭蕉は紀行文『おくのほそ道』の冒頭で次のように書いた。

「月日は百代の過客にして、行かふ年もまた旅人なり。舟の上に生涯を浮かべ、馬の口とらへて老いを迎ふる者は、日々旅にして旅を栖《すみか》とす。古人も多く旅に死せるあり、予もいづれの年よりか、片雲の風に誘はれて、漂泊の思ひやまず。」

旅に出ることは歩くことだ。一所に留まる坐の生活とは対照的である。けれど万物は生々流転で、動いているのが当たり前。旅は人間だけにあるのではなく、宇宙のすべてが旅人のように動くことで成り立っている。とすれば旅のなかに生涯を送り、旅に死ぬことはめずらしくない。これこそ宇宙の根源的な原理にかなう生き方で、芭蕉は旅に積極的な意義を見出している。

山頭火はそんな芭蕉に習って旅をしたといえば、あまりに粗っぽくて短絡的過ぎよう。〈歩く〉ことに関しては、次節に詳しく書くことにする。その前に、山頭火が書いた「歩々到着」という随筆を引用しておこう。これは昭和七年五月刊の「層雲」二百五十号記念集『春菜』に掲載した文である。

「禅門に『歩々到着』といふ言葉がある。それは一歩一歩がそのまゝ到着であり、一歩は一歩の脱落であることを意味する。一寸坐れば一寸の仏といふ語句とも相通ずるものがあるやうである。

私は歩いた、歩きつづけた、歩きたかつたから、いや歩かなければならなかつたから、いやいや歩かずにはゐられなかつたから、歩いたのである。歩きつづけてゐるのである。きのふも歩いた、けふも歩いた、あすも歩かなければならない、あさつてもまた。――

木の芽草の芽歩きつづける
はてもない旅のつくつくぼうし
けふはけふの道のたんぽぽさいた
□
どうしようもないワタシが歩いてをる」

歩かない日はさみしい

山頭火は古い旅日記を焼き捨て、新たに行乞記を書き出している。その間には精神的な飛躍があったと思えるが、当時の心境を反映する「行乞記」序ともいえる一文を挙げてみよう。

「私はまた旅に出た。——

所詮、乞食坊以外の何物でもない私だつた、愚かな旅人として一生流転せずにはゐられない私だつた、浮草のやうに、あの岸からこの岸へ、みじめなやすらかさを享楽してゐる私をあはれみ且つよろこぶ。

水は流れる、雲は動いて止まない、風が吹けば木の葉が散る、魚ゆいて魚の如く、鳥とんで鳥に似たり、それでは二本の足よ、歩けるだけ歩け、行けるところまで行け。

旅のあけくれ、かれに触れこれに触れて、うつりゆく心の影をありのまゝに写さう。

私の生涯の記録としてこの行乞記を作る。

…………」（昭和五年九月十四日）

ここに明解に書かれてあることは「生涯の記録として」の行乞記であった。方法としては「それでは、二本の足よ」と足を頼りに歩こうとする。それによって開けゆく世界、うつりゆく心の影をありのままに写そうとする、意欲に満ちた試みであった。

興味ぶかいのは、山頭火が自らの二本の足に呼びかけて、「歩けるだけ歩け、行けるところまで行け」と命じていることだ。ここには足の働きを強く意識し、深く自覚するものがあったのだろう。考えてみれば、人間は直立して歩けることで、自分のための自由な空間を拡げることが出来た。個人の成長だけに限っても、一人立ちして歩けることで親から自立し、子は新たな世界へと踏み出してゆく。

山頭火の歩くは、いわゆる出家の身だから行脚ともいえようか。中国宋時代の禅の事典『祖庭事苑』という本に「行脚は郷曲を遠離して天下を脚行するを謂う。情を脱し累を損《す》て、師友を尋訪して法を求め証悟するなり。所以《ゆえ》に学ぶに常の師無く、偏参《へんざん》するを尚《よ》しとなす」と注解している。偏参は諸寺を遍歴参詣すること。そのために必須なのは脚と足で、歩くことを苦にしてはいけない。

投げだしてまだ陽のある脚　　山頭火
笠にとんぼをとまらせてあるく
だまつて今日の草鞋穿く
つかれた脚へとんぼとまつた

新たに行乞記を書く以前の俳句である。もちろん脚には関心が深く、それを素材とした句作も多い。そこで興味がわくのは、山頭火の脚と足そのものである。ちょっと気になるのは、昭和五年九月十七日の行乞記の次の一節だ。

「今にも降り出しさうな空模様である、宿が落ち着いてゐるので滞在しようかとも思ふたが、金の余裕もないし、また、ゆつくりすることはよくないので、八時の汽車で吉松まで行く（六年前に加久藤越したことがあるが、こんどは脚気で、とてもそんな元気はない）」

行脚だから本来なら汽車に乗るべきでなかったろう。六年前には当然のこととして歩いていたが、今回は脚気のために元気がなかった。歩くには最も都合の悪い病気である。

脚気は末梢神経を冒して下肢の倦怠、知覚麻痺、右心肥大、浮腫を来し、ひどい場合は心不全により死亡するという。けっして油断はできない。彼は大正四年、二十三歳のときにもひどい脚気にかかり、その病状を師の井泉水に次のように伝えている。

「御大典が迫りましたので世の中が色めいてきました、私は忙しさに何も彼も忘れてしまひました、脚気が日にまし悪くなりまして此頃ではもう手足が動かなくなりました、その動かない手足を動かさなければならない境遇を却つて尊いやうにも思ひます。」

この病気の予後はどうだったのか。あるいは完治しないまま、持病のようになっていったようにも考えられる。もしかして大正十一年十二月、東京市事務員を退職したときも脚気が因だったかもしれない。退職にあたっての医師の診断書は神経衰弱となっているが、症状から推察して脚気だったとも考えられる。また昭和七年秋から庵を結んだ其中庵の一時期にも脚気が再発。行乞放浪の山頭火にとっては脚が命であったわけで、脚気というのは泣き所ともなった。あまりに健脚すぎては、かえってその有難さを忘れがちになる。ときに歩けない時期があると、出歩いて見聞することの尊さがよく理解できるというものだ。「歩き—休み—歩く。理想的な存在のあり方」と誰かが書いていた。

山頭火が新しい行乞記を試みようと出発したとき、脚気だったということは注目してよい。それだけ脚や足を意識し、いとおしむ気持ちも強かった。

だるい足を撫でては今日をかへりみる

旅に出て二十五日目、昭和五年十月四日の行乞記には「わづか二里か三里歩いてこんなに労れるとは私も老いたるかなだ、私は今までにあまりに手足を虐待してゐなかつたか、手足をいたはれ、口ばかり可愛がるな」と書く。その翌十月五日には「ぶらり〳〵と歩いて油津で泊る」の記述。これは行乞者の歩き方ではあるまい。物見遊山だ。日ごろの彼ならこんなふうには歩かない。脚気が相当ひどかったのだろう。

労れて足を雨にうたせる

足が疲れると、履き物が気になってくる。山頭火が好んで履いたのは草鞋だが、地下足袋が一般的で全盛のころだ。

「今日、求めた草鞋は（此辺にはあまり草鞋を売つてゐない）よかつた、草鞋がしつくりと足についた気分は、私のやうな旅人のみが知る嬉しさである、芭蕉は旅の願ひとしてよい宿とよい草鞋とをあげた、それは今も昔も変らない、心の軽く身も軽く歩いて、心おきのない、情のあたゝかい宿におちついた旅人はほんとうに幸福である。」（昭和五年九月三十日）

改めての旅は二カ月以上が過ぎた。それでも本調子をとりもどせない。十月十七日は宮崎県高岡町の宿、「昨夜は十二時がうつても寝つかれなかつた、無理をしたゝめでもあらう、イモショウチュウのたゝりでもあらう、また、風邪気味のせいでもあらう、腰から足に熱があつて、倦《ママ》くて痛くて苦しかつた」と書く。前日は行程七里を歩いているから、疲れ過ぎたか。普通は三、四里歩いての行乞である。といって七里でくたばるようでは前途多難だ。行乞記には続けて次のように書く。

「身心はすぐれないけれど、むりに八時出立する、行乞するつもりだけれど、発熱して悪感がおこつて、とてもそれどころぢやないので、やうやく路傍に小さい堂宇を見《ママ》けて、そこの狭い板敷に寝てゐると、近傍の子供が四五人やつ《ママ》て声をかける、見ると地面に莫蓙を敷いて、それに横《ママ》はりなさいといふ、ありがたいことだ、私は熱に燃え悪感に慄へる身体をその上に横たへた、うつら〳〵して夢ともなく現ともなく二時間ばかり寝てゐるうちに、どうやら足元もひよろつかず声も出さうなので、二時間だけ行乞」

文中に三カ所ママとつけたのは、山頭火の誤記部分。午前は前の宿に引き返して休養したとき書いた行乞記だが、まだ頭の中は朦朧としていたか。けれど逆境のときほど句は冴えている。

大地ひえ〴〵として熱あるからだをまかす
いづれは土くれのやすけさで土に寝る　　山頭火

横になって寝る姿勢は、立っているときのような緊張感はない。立っているときは倒れないように気を付けなければならないが、横たわっていれば安心である。けれど横たわって眠り、そのままになってしまうのは死に至ること。そんな不安もあったに違いなく、彼が回復してよかったとつくづく思うのは三日後であった。十月二十日の行乞記に次のように記す。

「歩かない日はさみしい、飲まない日はさみしい、作らない日はさみしい、ひとりでゐることはさみしいけれど、ひとりで歩き、ひとりで飲み、ひとりで作つてゐることはさみしくない。」

風のかなしく

風というのは影も形も見えなくて、それでも存在しているから不思議である。いや科学的に説明すれば不可解なことはないが、味も素っ気もなくなるのでやめておく。

インドのジャイプールにはハワ・マハール、風の宮殿というのがある。風を見たいという王妃のために、王様が造らせたもの。五層の建物だが部屋らしきものは一つもない。構造上は壁だけで、その出窓を風の逃げ穴としているのだ。風が見える。

不思議で馬鹿げた宮殿だが、風に取り憑かれているのがおもしろい。日本でなら枯淡な風流、風雅を尊ぶが、インドのはスケールが大きい。風も手の内のものとしている。

ある日野鳥の公園に行ったとき、水鳥の群が一斉に同一方向に向いているのを見る。私はなぜかと驚いたが、やがて一斉に飛び立った。風に向かって飛び立てば浮揚力が大きくなる。鳥たちは風を見て動いているのだ。

俳人たちだって風を見て句を作る。風が見えないようじゃ、碌な句は作れない。

ここに書きたいのは山頭火と風の関係についてだが、少々脇道にそれてみよう。虚子は自説の花鳥諷詠を次のようにいう。

「花鳥諷詠と申しますのは花鳥風月をを諷詠するといふことで、一層細密に言へば春夏秋冬四時の移り変りに依つて起る自然界の現象、並にそれに伴ふ人事界の現象を諷詠するの謂でありますと。また花鳥諷詠は「何も新しい議論でなく俳句本来の性質を説明したまでの言葉であるが、我が伝統俳句本来の性質は此の言葉の外にない」と断言した。

ついでに言えば山口誓子は、ホトトギスゆえに限定してしまった素材としての花鳥風月に飽き足らなくて、虚子の膝下から離れた、というのはご本人から私が聞いた話。山頭火はどちらの傘下にもいないから、立場はまったく自由である。そこで気になるのが〈花鳥風月〉の〈風〉について。

ホトトギスのもう一つのスローガンは客観写生ということ。言い換えれば主観を排することだろう。が〈風〉は花や鳥、月のように目に見えない。これをどう諷詠するかが大問題であったはずだ。

ところで、山頭火は風をどう詠んだか。

何でこんなにさみしい風ふく

なんとも素直で、感情まる出しの一句である。即物的な表現を重視する伝統派からは、まったく馬鹿にされ、無視される俳句だろう。さすがに山頭火も、昭和七年七月一日の行乞記に書き留めながら後に捨てている。

困ったことというべきか、有り難いことにというべきか、この句が一躍脚光をあびる。早坂暁氏が山頭火をモデルのNHKドラマスペシャルで、この句をそっくりタイトルにしてしまったのだ。さらに御念なことに「山頭火の俳句は演歌と似ています」「ほんとこの人はさびしい人だな、泣きながら歩いた人だな、と思ったからです。本当は家族たちと温かく生きたかった、わが家で妻と子と暮らしたかったのに、どうしてもそういう暮らし方ができない人間だった」と語っている。

かくして山頭火は逆説的ホームドラマのヒーローに仕立てられたわけだが、「さみしい風」が吹く木賃宿で、同日の行乞記には俳句の思いをこう記している。

「俳句といふものは——それがほんとうの俳句であるかぎり——魂の詩だ、こゝろのあらはれを外にして俳句の本質はない、月が照り花が咲く、虫が鳴き水が流れる、そして見るところ花にあらざるはなく、思ふところ月にあらざるはなし、この境涯が俳句の母胎だ。

時代を超越したところに、目的意識を忘却したところに、いひかへれば歴史的過程にあつて、しかも歴史的制約を遊離したところに、芸術（宗教も科学も）の本質的存在がある、これは現在の私の信念だ。」

実に見事な主張であり、信念である。これに実作が伴っていれば言うことはない。引用文の後に、当日の句稿は記されている。「何でこんなに」の句に続けて、「とりきれない虱の旅をかさねてゐる」の一句も。有季定型の伝統派からみれば噴飯ものだろう。けれど山頭火が大真面目に「虱」を詠もうとしたのも新しさへの模索であった。、こうした実験的試行錯誤も一過程であったと思わざるを得ない。

風は大気の動きである。たとえば気象予報などは大気から生活に必要な情報を取り出して提供する仕事だが大気の意味は広い。英語でいえばアトモスフィア（atmosphere）雰囲気などとも訳されるが、風も一種の雰囲気をかもして吹く。

人を評して風格があるなどという。これも雰囲気まで含めていう言葉だ。当時において風格のある俳人といえば先ず虚子の名があがる。山頭火はどうだろう。常識的にいえば山頭火は異風で破格な生き方を選んだ人だ。そんな彼が虚子を真似してもはじまらない。虚子は虚子、山頭火は山頭火であるところに存在の価値がある。

山頭火は俳人でありうるためにしたたかだった。境涯も異風なら俳句も異風、それを徹底するところに山頭火の存在があったのである。

ここで山頭火の「風」についての主なる俳句を抜き出してみよう。前掲二句は捨てた句だが、次は自選句集『草木塔』からのものだ。

けふもいちにち風をあるいてきた
さて、どちらへ行かう風がふく
何を求める風の中ゆく
酔ざめの風のかなしく吹きぬける
風は何よりさみしいとおもふすすきの穂
風の中おのれを責めつつ歩く
われをしみじみ風が出て来て考へさせる

どれもさびしい風だ。その中で自己の存在さえも脅かされる。いわば実存的に吹かれている。風雅、風流の伝統の流れにおいて、山頭火の詠む「風」は異質なものである。それは現代人の孤独にも通じるもので、多くの人の魂に響く俳句でもあろう。

山頭火は「風の、己の、その声を聴く」（昭和七年十二月二十日）などとも日記の中で表現している。

銃後の俳句

銃後とは直接に戦争に参加していない一般国民や国内のことをいう。昭和十二年七月に日中戦争がはじまり、それ以後は戦時体制となった。昭和十三年には国家総動員法が施行され、個々人の生き方にまで統制を強いるようになっている。困るのは山頭火のような存在で、どう考えても厄介者であった。

本人も置かれた立場をよく承知しながらも、日記には「戦争は必然の事象とは考へるけれど、何といつても戦争は嫌だと思ふ。」（昭和十三年四月十三日）と書いている。「動か静か、――死か生か、――ああ私は迷ふ。／――一切放下着、――無為無念であれ。――／今日も若葉のむかうから、歓呼の歌万歳の声が聞える、私は思はず正坐して合掌した、そして心の奥ふかく、ほんたうにすみませんと叫んだ。……」（四月二十六日）と記す。

自身の存在をどうするか。わが道をゆく、などと隠遁者ぶっても許されるような甘い状況ではない。一つの結論として句作に生きるほかないと決めている。

「――戦争は、私のやうなものにも、心理的にもまた経済的にこたえる、私は所詮、無能無力で、積極的に生産的に働くことは出来ないから、せめて消極的にでも、自己を正しうし、愚を守らう、酒も出来るだけ慎んで、精一杯詩作しよう、――それが私の奉公である。（中略）戦争の記事はいたましくもいさましい、私は読んで興奮するよりも、読んでゐるうちに涙ぐましくなり遣りきれなくなる。……」（昭和十二年十月二十二日）

私の手元に経本仕立ての山頭火第六句集『孤寒』（昭和十四年一月）がある。山頭火が「ひなたはたのしく啼く鳥もなかぬ鳥も」と揮毫した次の中扉には「天われを殺さずして詩を作らしむ／われ生きて詩を作らむ／われみづからのまことなる詩を」と決意表明のことばを活字によって示している。続いて「銃後」の表題を付けて、二十五句を掲載しているのだ。

山頭火は戦時下において、戦争を俳句で詠むことをどう考えていたのだろう。「事変俳句について」との題を付けて次のように書く。

「俳句は、ひつきよう、境地の詩であると思ふ、事象乃至景象が境地化せられなければ内容として生きないと思ふ。

戦争の現象だけでは、現象そのものは俳句の対象としてほんたうでない、浅薄である。

感動が内容に籠つて感激となつて表現せられるところに俳句の本質がある。

事実の底の真実。――

現象の象徴的表現、――心象。

疑つて溢れるもの。――」（昭和十三年一月十三日）

ここでいう〈境地〉とは、その人独自の心境の反映としての世界である。後には、戦意を高揚させるような国策的俳句が流布された。この際それは眼中に置かないことにして、当時よく知られたのは山口誓子が提唱した、いわゆる戦火想望俳句であった。彼は「俳句研究」（昭和十二年十二月）に掲載した論考において次のように書いている。

「振興俳句はその有利の地歩を利用して、千載一遇の試練に堪へて見るのがよかろう。銃後に於てよりも、むしろ前線に於て本来の面目を発揮するのがよかろう。もし振興無季俳句が、こんどの戦争をとりあげ得なかつたら、それつひに神から見放されるときだ。」

想望とは心に思い描くことで、内地にあって遙かに前線を想い描く戦争俳句である。西東三鬼や杉村聖林子、石橋辰之助、仁智栄坊らが戦火想望俳句を詠み、それなりに秀作を遺した。けれど山頭火のいう境地の俳句から見れば浅薄である。といって超然とわが道を行く、という生き方は許されない。山頭火も気掛かりなのは巷に氾濫する戦争俳句であった。昭和十三年十月二十四日の日記には次のように書いている。

「支那事変俳句（俳句研究十一月号所載）を読む。無慮三千句、そのうち私の身心を動かしたものが何句あるか、戦線句は描くとも抜きがたい実感味がある。銃後句は造花のつまらなさだ！」

山頭火が銃後の句がつまらないというのは、境地化されていないからだ。造花はもちろん本当の花ではない。そのことを念頭に、彼は自らの存在を明かすために、銃後の俳句を作らなければならなかった。

少々個人的な思い出をいえば、第六句集『狐寒』は斎藤清衛氏からもらった一冊だ。山頭火の折本句集は『鉢の子』から『鴉』までの全七冊。七冊揃いの完本の他にもう一冊余分の『狐寒』があるから「君にあげよう」と手渡された。

斎藤氏は山頭火と親友で、昭和八年ころから交渉があり山頭火の一代句集『草木塔』の出版にあたり東京の八雲書林に仲介の労を取った恩人として知られている。昭和五十六年三月四日、八十八歳で亡くなった。

少々余談になるかもしれないが、三島由紀夫が割腹自殺する前日に斎藤氏を訪問していたのを思い出す。私は帰る三島とは門のところで入れ違いになった。斉藤氏は何か三島の強い思いこみを心配していたのを思い出す。

三島に影響を与えた直接の師は蓮田善明である。蓮田は斉藤氏が広島高師で教鞭を取っていたときの愛弟子である。後にその時代の門下たちが諮って月刊雑誌「文芸文化」を昭和十三年七月に創刊。七十号まで刊行しているが、若き日の三島の作品はここに掲載されている。

蓮田は純粋な伝統重視の文芸家として活躍するが、戦時は陸軍中尉として南方戦線に赴いている。終戦をマレー半島で迎え、翌日ふらちな上官を射殺して自らもピストルで自裁した。山頭火の縁でいえば、蓮田は昭和九年三月二十三日に広島で山頭火と会っている。以来、山頭火に親密感を持っていたようだ。蓮田はいわゆる右翼的と評されてきた人物である。

山頭火にこうした人的つながりがあったことを難じる人もいる。短絡させて、山頭火も戦争賛美者だったと評する人もいた。そうだろうか。そのあたりの批判に対し、研究者としては戸惑うことも間々あった。

山頭火の俳句で物議をかもすのは、「銃後」と題した二十五句の連作である。これは折本第六句集『孤寒』に収められているが、手元にあるので先ずひもといてみたい。私の好みで八句ほど抜き出してみよう。

遺骨を迎ふ

しぐれつつしづかにも六百五十柱

もくもくとしぐるる白い函をまへに

山裾あたたかなここにうづめます

遺骨を迎へて

いさましくもかなしくも白い函

街はおまつりお骨となつて帰られたか

お骨声なく水のうへをゆく

その一片はふるさとの土となる秋

戦傷兵士

足は手は支那に残してふたたび日本に

こうした詠みぶりは果たして好戦的なものなのか。戦争讃美にどうつながるか。山頭火句を批判する人たちの意見を、改めて聴いてみたいものである。

これら一連の句は、昭和十二年七月以後の日中戦争を背景にしている。といって戦争から最も遠い境遇が山頭火で、戦況が悪化するに従い、だんだん捨て置かれる存在になってゆく。その意味で脅かされ、敏感に反応する一面はある。これを誤解して難じるのはお門違いもはなはだしい。弱い者いじめである。

山頭火は世捨て人である。自身もそのことを自覚して、昭和六年二月発行の個人誌「三八九」の中で次のように書く。

「敵か味方か、勝つか敗けるか、殺すか殺されるか、──白雲は峯頭に起るも、或は庵中閑打坐は許されないであらう。しかも私は、無能無力の私は、時代錯誤的性情の持主である私は、巷に立つてラツパを吹くほどの意力を持つてゐない。私は私に籠る、時代錯誤的生活に沈潜する。『空』の世界、『遊化』の寂光土に精進するより外ないのである。」

これは日中戦争と無縁な文だが、山頭火が終生貫き通した生き方であった。そんな眼で銃後の風景を詠んだのが、ここに問題にしている連作二十五句である。

私の「銃後」句に対する見解は、あるいは贔屓目すぎるかもしれない。けれど当時の俳人で、山頭火以上に戦争に対して冷静なバランス感覚を持っていた人がいただろうか。そういった詮索をする余裕はここにない。

いつだったか日本文学を研究する李芒さんが来日されて、山頭火について講演されたことがある。私もそのあと挨拶して二、三の言葉を交わしたが、意外や李芒さんは山頭火の「銃後」の句を高く評価するのだ。そのときの話では、戦争を直接うたわず、いたましさを象徴的に表現するのは中国詩人もよく取る方法だという。杜甫の詩などと比較して、山頭火の銃後句を評価されたのは印象的であった。

李芒さんは中国社会科学学院教授、『山頭火秀句漢訳集』の著者でもある。その訳詩二句を紹介しておこう。

街道上節慶方酣　君帰来白骨片片
（街はおまつりお骨となって帰られたか）

一片白骨　秋来化作故郷土
（その一片はふるさとの土となる秋）

戦時下どこへ行こう

山頭火が四国へ渡り、遍路となって歩く数カ月前からの心境をさぐってみたい。山口市湯田温泉の風来居を仮寓としていた時期で、昭和十四年七月から九月末までの山頭火が書いた日記を参考にする。

当時の社会情勢をいえば、ドイツ軍がポーランドへ侵入し、第二次世界大戦が勃発したころだ。日本は二年前の昭和十二年七月から中国と戦争状態で、国民の生活はあらゆる面で規制され、いわゆる国家総動員体制が確立強化されていく時期であった。

山頭火は満で五十七歳を迎える年令。七月八日には国民徴用令が公布されたが、年令的に徴用の義務を免れている。それを喜んだといえば、どうもそうではなかったようだ。

五月十二日にはモンゴル人民共和国と満州との国境、ノモハン地区で日本軍とソ連軍とが衝突した。いわゆるノモハン事件である。九月十五日に停戦協定を結ぶまでは、壊滅的な大敗だった。

「もっと若かったら、ノモハンに行き弾運びでも何でもしちょったのに」

山頭火が当時こんなふうに語っていた、と私は中原呉郎さんから聞いたことがある。日記には、この呉郎さんについてあれこれ触れた記事が多い。そのころ長崎医科大の学生で、湯田温泉の実家に夏休みの休暇で帰っていた。兄の中原中也は昭和十二年に死去していたから、山頭火と中也が逢ったことはない。弟呉郎も兄のような詩人になることを憧れて、身近な存在である俳人としての山頭火に親近感を持って近づいていったのだ。

山頭火も若い人に慕われるのは良い気分だ。どちらも暇だったから、毎日のように会い、よく飲み、よく遊んでいる。余談だが、この傾向を、呉郎さんは晩年まで引き継いでいた。私はよく「山頭火さんと飲むときはね」と呉郎さんから、山頭火の当時の飲み方を教わったものだ。

山頭火が書く呉郎さんの記事を引用してみよう。

「午後、呉郎君来訪（N君ではしつくりしない、矢島君をYさんと呼ぶよりも、やあさんといつたほうがしたしめるやうに）、散歩、水泳、掃除、S君を訪ねる、Yさんに解逅、三人同道して帰つて来て、内證で、ほんたうに内證でビールを飲む、Yさんは、何か事情があると見えて泊まることとなつた（今日、店頭で飲酒し警察で説諭された人もあつたそうな）。」（昭和十

四年七月七日）

当時の日記の人名は、ほとんどイニシャルで書いているが、呉郎君の場合は呉郎君、呉郎さんだ。それだけ親近感があったのだろう。山頭火の住む風来居と中原家とは歩いて数分のところ。暑いときは庭から勝手に中原家の座敷に上がり込み、山頭火は裸になって昼寝する気安さだった。

「中也や山頭火さんみたいな人は、よう解りませんでしたね」

中也の母中原フクさんは、私が何か聞くと先ずこんな返答から思い出を語りはじめられたものだ。それでも山頭火に感謝することはあって、代々の中原医院を継いで呉郎が医者になるように翻意させたのは山頭火だった。

「呉郎さん来訪、昨日の話をして、笑つたり悔んだり、焼酎を少し仕入れて酌みかはす。蒸し暑かつたが、すこし降つた、ありがたい雨ではあつた。

夕方、呉郎さんに連れ出されて山口へ散歩する、思慮の足らない私と若い呉郎さんとは軌道を踏み外してしまつた。K屋に於ける、街頭に於ける悲喜劇一齣はこゝに書くにも忍びない。私たちはこれを契機として本然にたちかへらなければならない」（昭和十四年七月九日）

日記を読んでいくと、二人つれだってよく飲んでいる。戦時下の緊迫した時期にと思うが、それだから飲まずにはおれなかったのかもしれない。「文章報国——句作一念の覚悟なくては、私は現代に生きてゐられない」などとも書き、また一方で「本然にたちかへらなければならない」と記す。

濁れる水の流れつつ澄む

掲出の句は山頭火の境涯をよく象徴するものだ。行雲流水、これが自分の生き方だと早くから決め、歩きに歩いた人だった。そうしなければ濁れてしまう、と不安感をいだき、おのずと澄むことを望んでいたようにも思う。これを現実と理想とに分けて考えてもよいが、呉郎さんの回想などによると山頭火は澄んだ人だったという。

外見はみすぼらしく、実生活は破滅していた。それはあまりに理想を追って妥協できなかった結果であったかもしれない。身近に接した呉郎さんの口ぐせは、「山頭火さんほど純粋で、あれほど清らかな人を知りません」と断言。そんな人物から、しみじみ医者になりなさい、と説得されれば拒否できなかったという。

山頭火と肝胆相照らす仲の木村緑平も医者だった。呉郎は医学生だったが、中途退学したい気持であったという。それを思い止まらせようとしたのは、緑平という存在が念頭にあったからだろう。呉郎君よきドクトルになりたまえ、と山頭火は呉郎の進路を心配した。かくして呉郎も医者になったが、緑平もそうだったように開業医としては失敗し、その後は雇われの勤務医として世を終えている。共通するのは、どちらも澄んだ生き方を選んだということだ。
他人にかまっておれるほどの余裕はなかったはずだ。知らない人は山頭火のことをそう思う。けれど本人はそうではなく、気概を持って生きていた。そのことが当時の日記に散見できる。

「午前中、呉郎さん十郎（拾郎・筆者）さん来訪、寝たり話したり。

新聞をありがたう。

欧州の情勢はいよ〳〵急迫して爆発したらしい。

自主独往といふ、それは外交に限らない、国家も個人も自主独往であれ、それは孤立ではない、提携しても離反しても、常に自己を堅持することである、鼠のやうな存在でなくて獅子の如く生きぬくのである。」（昭和十四年九月四日）

また日記の余白に書く断章として、八月二十八日には次の四項目を記している。

「・動くものは美しい、水を観よ、雲を観よ
・他国に依存する国家がいたましいやうに、他人依存の個人はみじめだ。
・求めない生活態度、拒まない生活態度、生活態度は空寂でありたい、私に関するかぎりは。
・自分を踏み越えて行け。」

いずれにしても緊張の時代で、山頭火のような生き方をする人は生きにくい世の中であった。それだけ意識的にもなったわけで、彼が選択する生というものに興味が湧く。当時の句作を少々掲出しておこう。

鉦たたきよ鉦をたたいてどこにゐる　　山頭火
鳥とほくとほく雲に入るゆくへ見おくる
けふの暑さはたばこやにたばこがない

風景の中で

ものになりきる

山頭火の正月風景を垣間見てみたい。

「私には私らしい、庵には庵らしいお正月が来た。明けましてまづはおめでたうございます、とおよろこびを申しあげる。門松や輪飾りはめんどうくさいから止めにして、裏山から歯朶を五六本折つてきて瓶に挿した。それだけで十分だつた。

　歯朶活けて五十二の春を迎へた

お屠蘇は緑平老から、数の子は元寛坊から、餅は樹明居から頂戴した。

元旦、とうぜんとしてゐたら、鴉が来て啼いた。皮肉な年始客である。即吟一句を与へて追つ払つた。

　お正月のからすかあかあ

樹明君和して曰く、

　かあかあからすがふたつ

このふたつがうれしい、二羽とはいはないところにかぎりないしたしみがある。さて、このふたつが啼いてどこまで飛んだやら！」

この文は昭和八年一月二十日発行のガリ版刷り個人誌第五集「三八九」の編集後記として書いた文の冒頭である。末尾には「急にお寒くなりました。夜更けて物思ひにふけつてゐると、裏の畑で狐が鳴きます。狐もさびしいのでせう。諸兄の平安を祈ります。」と書き、執筆の日付を（一、一六、夜）と記している。

幸い元旦からの日記も遺っていて、合わせて読めば山頭火の正月風景を窺うことが出来る。興味があるのは「お正月のからす」のこと。歳時記には新年の部に初鴉とあり、神の使いともされるその声を、めでたいものとして聞くとある。

この初鴉も四、五日たって寒に入れば、寒鴉の季語となる。同じ鴉を詠んでも、初鴉はめでたく寒鴉は不吉な存在になる場合が多い。

これは実物実態から離れ、形式にからめとられた表現である。季語にこだわれば、いかに客観写生を唱えようとも、物そのものから乖離せざるを得ない。歳時記の新年に出てくる季語の多くは、年中行事と縁の深いもの。元来は宮中の祭政一致に関係し、いつしか季語に定着していった。

山頭火は御存知のとおり、季語に寄りかかった句作りをしない。だから初鴉と寒鴉などと区別しないで、「お正月のからす」も「即吟一句を与へて追つ払つた」という。山頭火らしい態度である。
年中行事はそれぞれの集団のメンバーが、同じ時間の認識に基づき、同じ目的、同じ価値観そして同一の様式に従って行うものだ。山頭火はそこからはみ出した人間だから、同じという方がおかしい。元旦の日記には、先ず「私には私らしい、其中庵には其中庵らしいお正月が来た」と書く。そして「門松や輪飾はめんどうくさいので、裏の山からネコシダを五六本折つてきて壺に挿した、これで十分だ、歯朶を活けて二年生きのびた新年を迎へたのは妙だつた」と記す。

一月六日の日記には次のように書いている。

「乞食になつて、乞食になりきれないのはみじめだ。
餅もなくなつたから蕎麦の粉を食べる。
今日がほんとうの新年だつた、私にとつては。
しづかなよろこび。」

世を捨て乞食の境涯を選びながら、世間並みであることは「みじめ」だというのだ。この自覚を失えば、外道というほかない。句作においても同じだろう。一月四日にこんな即吟を詠んでいる。

お正月の鉄鉢を鳴らす

これだけでは訳の分らない句である。鉄鉢はテッパツと読み、托鉢のときなどに用いる鉢。およそ一年前の昭和七年一月八日には、福岡県北部、芦谷町の響灘に臨む三里松原で次の句を詠んでいる。

鉄鉢の中へも霰

この句の成った背景を思い起こしながら、個人誌「三八九」に掲載するための原稿を書いていたのだろう。彼にとって鉄鉢は身近なものだ。ちょっと打ち鳴らして、想を練ったか。書かれた文章は日記に照らせば思い違いもあるが、要点の部分だけを引用してみよう。

「鉄鉢の句がまた問題になつたから、作者として、句作の動機、表現の苦心について少しばかり書く。(中略) 私は鉄鉢をかかへて、路傍の軒から軒へ立つた。財法二施功徳無量檀波羅密具足円満——その時、しようぜんとして、それではいひ足らない、かつぜんとして、霰が落ちて来た。その霰は私の全身全心を打つた。いひかへれば、私は満心に霰を浴びたのである。笠が音を立てた。法衣も音を立てた。鉄鉢は、むろん、金属性の音を立てた。

けふも霰にたたかれて

鉄鉢の中へも霰

前の句はセンチが基調になつてゐるから問題にならない。後の句は表現しようと意図するものが、どうも表現されてゐない。ずゐぶん苦心したけれど駄目だつた。

此句は未成品であるが、鉄鉢は動かない。最初から最後まで鉄鉢である。そして私はその霰をありがたい、ありがたい笞としてかぶつたのであるが、その意味でまた、いただいたのである。」

この文章は編集後記へと続く、ちょうど前に配置した自句自解である。鉄鉢の自句を未成品と認めながらも、一句の中で鉄鉢の動かないことに対しては自信を示す。それを再確認するために、彼は一年後の草庵で迎えた正月に、「お正月の鉄鉢を鳴らす」といった行動になったのだろう。

山頭火にとって大切なのは霰ではなかった。霰は冬の季語として、多くの俳人に詠まれてきた。芭蕉は「石山の石にたばしる霰かな」、子規は「呉竹の奥に音ある霰かな」、虚子は「雲乱れ霰忽《たちま》ち降り来り」と詠んだ。山頭火はこれらと異なる。徹頭徹尾、句の中心は霰でなく鉄鉢だというところに山頭火らしさがあった。「乞食になつて乞食になりきれないのはみじめだ」という彼の自覚は、句作態度にも及ぶものだ。

山頭火は自作について、ほとんど説明する人ではなかった。けれど草庵を得てこの時期、めずらしく鉄鉢の句については「三八九」第六集（昭和八年二月発行）においても「再び鉄鉢の句について」と題して書いている。そこでは「前集に、句作の動機、句作当時の心境について書いたから、本集では、句そのもの、表現そのものについて述べる」と分析的な自句評を展開している。すなわち「詳しく説くならば、二つの句因、二つの句材をごつちやにしたところに」破綻と無理があったと指摘。聴覚、皮膚感覚を中心とするなら、

鉄　鉢　へ　音　立　て　て　霰

また視覚を重視するなら、

霰、鉢　の　子　の　中　へ　も

しかし、その句のいずれにも不満を覚えるとし、未成品ながら現時点では「鉄鉢の中へも霰」とするほかない、と態度を表明。山頭火のこうした一句一句に対する切実な気持は、「乞食になつて、乞食になりきれないのはみじめだ」という決意によるものだろう。これは世間の埒外にある異端の地平だが、そこより有季定型の俳壇という花園を眺めればどうなるか。山頭火に成り代わり、あれこれ考えてみるのも一興かと考えている。

冴えかへる月のふくろう

鷲や鷹、梟もまた冬の季語だ。一年中見られる留鳥だが、なぜ冬の季語となったのだろう。猛禽ゆえに、何かきびしい冬季に入れるのがふさわしいと考えられたか。詳しいことは知らない。

鷲は鳥類のうちでもっとも大きく、その飛翔力と雄姿から鳥の王者とされてきた。鷹は鷲に次ぐ猛禽で、鳥類分類学上は鷲鷹目に一括されている。太陽の光を浴びて空高く飛ぶさまは、雄々しいものとして俳句に多く詠まれてきた。

梟は鷲や鷹の昼行性に対して、夜行性の鳥である。鷲や鷹が太陽の光を眼を開いて受けるのに、梟は太陽の光に耐えることができない。昼は繁みの暗所で直立し静止している。夜になると活動をはじめ、月と縁の深い鳥といえよう。

山頭火は月を好んで詠んだ俳人である。その数はおそらく千句以上あるのではないかと思う。そして月との縁で、梟を素材とした句も多く、私は山頭火の梟の句に興味をもっている。

ふくらうがふくらうに月は冴えかへる　　山頭火

　よつぴて啼いてふくらうの月
　冴えかへる月のふくらうとわたくし
　恋のふくらうの冴えかへるかな

昭和九年二月十四日の日記に記した句である。自選句集として出版のときは全部捨てているが、私は〈ふくらうの月〉〈月のふくらう〉という表現がおもしろいと思う。

ただ月といえば秋の季語。春の花に対して、月は秋を代表する季の詞である。けれど「月冴ゆる」といえば冬の月のこと。山頭火の引用句も、冴ゆる月とふくろうを詠んだものだ。定型陣から見れば季重なりで、ルール無視もはなはだしい句である。無季派の山頭火にも不覚の句で、捨てざるを得ない失敗作であったか。

実際のところ、山頭火が季重なりを嫌ったかどうかは知らない。この場合もほとんど季語を意識することはなかったようで、月とふくろうの密接な縁の方に心は集中していたようである。

月と梟の関係をいえば、改めて鷲と太陽のそれにも言及しておきたい。ここで注目したいのは、太陽光という直接の光と、月の反射光の違いである。前者は直観的認識のシンボルを示し、後者は間接的なるがゆえに理性的認識のシンボルと考えてもよかろう。

直観と理性については、もう少し説明が必要である。直観はいかなる媒介もなしに、直接に観る働き、あるいは直接に観られた内容をいう。それを易々可能にするのが太陽の明るさで、それ以上のものはない。対して理性は、闇を照らす明るい光とされてきた。暗くて見通しのきかない混沌の中で、太陽から反射光を受けて、月の光はいわゆる理性にもなぞられるものであろう。

太陽との関係で鷲と鷹が存在し、夜行性の梟は月との縁で語られる。俳句の素材も例外ではなく、橋本鶏二の「鷹の巣や大虚に澄める日一つ」とか加倉井秋をの「梟は子供らが寝てしまつて啼く」などの句を思いつく。

さてここは山頭火だが、彼に梟を詠んだ句はいくらもあるが、鷲や鷹を詠んだ句は見当たらない。たとえば「まつたく雲がない笠をぬぎ」とか「なんといふ空がなごやかな柚子の二つ三つ」と大空を見上げる句がなくはない。日ごろは行乞で出歩くことが多かったわけだから、鷲や鷹を見る機会はいくらもあったはず。けれど句の素材として鷲や鷹を詠んでいないのは、彼にその気がなかったからだろう。

昭和十四年四月二十日に、山頭火は渥美半島の伊良湖崎に旅している。そこは芭蕉が杜国を訪ね、「鷹一つ見つけてうれし伊良湖崎」と詠んだ場所。山頭火は同じところに佇んでの感想を次のように記している。

「芭蕉句碑もあつた、例の句――鷹一つが刻んであつた。

岬の景観はすばらしい、句作どころぢやない、我れ人の小ささを痛感するだけだ！なまめかしい女の群に出逢つたのは意外だつた、芭蕉翁は鷹を見つけてうれしがつたけれど、私は鳶に啼かれてさびしがる外なかつた。

易者さんですか、俳諧師ですよ！

――砲声爆音がたえない、風、波、――時勢を感じる、――非常時日本である。

今日は道すがら、生きてゐてよかつたとも思ひ、また、生き伸びる切なさをも考へた。」

とんびしきりに鳴いて舞ふいらござき　山頭火
岩鼻ひとりふきとばされまいぞ

余談だが鳶は無季である。

山頭火に鷲や鷹の句がないことは、やはり一つの傾向を示す。対して梟になじみを感じるというのは、彼の性格によるものだろう。ここでの引用文中、なまめかしい女の一人から「易者さんですか」と尋ねられたというのがおもしろい。昔から梟は占い師、易者の付き物として扱われてきた。占い師の透視能力、徴候を解釈する能力を象徴するものとして梟がある。それと察しての質問ではなかったろうが、彼は人目にも鷹のイメージではなく梟の印象だったに違いない。

昭和八年二月八日の日記に、山頭火は梟について次のように書いている。

「ふくろうが濁つた声でヘタクソ唄をうたつてゐる、どこかにひきつけるものがある、聞いてゐると何となく好きになる、彼と私とは共通な運命を負うてゐるやうだ。」

山頭火において梟は、単に夜啼く鳥という存在だけではなかった。〈共通の運命〉とまで言及しているのが興味深い。およそ一年後の昭和九年二月十三日には、日記に「夜を徹して句作推敲（この道の外に道なし、この道を精進せずにはゐられない）」と書き、次のような句を作っている。


ふくろうはふくろうでわたしはわたしでねむれない

実はこの句のほかにも二月十三日前後には多く〈ふくろう〉の句を作っている。それは彼の精神状態を反映するもので、二月七日には次のように書く。

「昨夜もねむれなかつた、ほとんど徹夜して読書した。

心が沈んでゆく、泥沼に落ちたやうに、――しづかにして落ちつけない、落ちついてゐていら〳〵する、それは生理的には酒精中毒、心理的には孤独感からきてゐることは、私自身に解りすぎるほど解つてはゐるが、さて、どうしようもないではないか！

その根本は何か、それは私の素質（temperament）そのものだ。

生きてゐることが苦しくなつてくる、といつて、死ぬることは何となく恐しい、生死去来は生死去来なりといふ覚悟は持つてゐるつもりだけれど、いまの、この、わたしはカルモチンによつてゞもゴマカすより外はない！」

この文章は梟と〈共通の運命〉を明らかにするものだが、梟は〈ねむれない〉のではなく夜行性である。梟を自分と同じに考えて、自己中心に解釈しすぎていないか。それだけ親愛の情を寄せるもので、〈ふくろう〉と自分を対等な関係で扱っているのが特色だろう。

山頭火は眠れなくて、徹夜してあれこれ考えた。その間、理性を失い、怒りや欲望、不安などの情念におぼれ、内部から爆発しそうになっている。いやたいていは自暴自棄になって、大切なものを失ってしまった。けれど爆発しないで踏みとどまったときの収穫は大きい。あるいは理性的認識のシンボルでもある〈ふくろう〉と共にいる思いから、彼が眠らないで導き出したこのときの結論は注目すべきだろう。それは昭和九年二月十五日の日記に次のように書いている。

「主観と客観とが渾然一如となる、或は、自己と自然とが融合する、といふことも二つの形態に分けて考察するのがよい、即ち、融け込む人と融かし込む人、言ひ換へれば、自己を自然のふところになげいれる人と、自然を自己にうちこむ人と二通りある、しかし、どちらも自然即自己、自己即自然の境地にあることに相違はないのである。

人間に想像や空想を許さないならば、そこには芸術はない、芸術上の真実は生活的事実から出て来るが、真実は必ずしも事実ではない（事実が必ずしも真実ではないやうに）、芸術家の心に於て、ありたいこと、あらねばならないこと、あらずにはゐられないことそれは芸術家の真実であり、制作の内容となるのである。

内容は形式を規定する、同時に形式も内容を規定する、しかし、私は内容が形式を規定する芸術を制作したい。

俳句的内容を持つて俳句的形式を活かす俳人でありたいのである。」

春の雪ふる

一九八七年以来、なぜか雪が少ないという。気象庁でも確かな理由は分らないそうだ。

私は四国育ちだが、三月になってから降る雪の思い出が多い。大分の別府温泉に遊んだとき、春の大雪に見舞われて驚いた記憶もある。淡雪だからすぐ消えるが、それだけはかなさを催す景物で、春の季語にもなっている。

歳時記を見ると、春の雪、春雪の季語のほか、雪に関しての春の季語は多い。牡丹雪、綿雪、かたびら雪、たびら雪、だんびら雪、斑雪、まだら雪、涅槃雪、名残の雪、忘れ雪など。

『古今集』の紀貫之の歌には、

霞たち木《こ》の芽も春の雪降れば花なき里も花ぞ散りける

春の雪を花に見立て、美しいイメージの映像化を試みた歌である。霞が立ち木の芽も張る、春の季節に雪が降るとまだ花が咲かない里にも花が散るようだ、の意。

春の雪を詠んだ古歌は少なくなく、また江戸の俳諧においても好んで詠まれた素材であった。もちろん近代になっても、春に降る雪を季語に使った俳句は多い。

山頭火の行乞記で春の雪の記事を探すと、昭和七年三月に次のように記している。佐賀県嬉野温泉に十六日から三日間滞在したときのもので、「余寒のきびしいのに閉口した、湯に入つては床に潜りこんで暮らした。雪が降つた、忘れ雪といふのだそうな」と書く。

忘れ雪とは春の季語だが、この書きぶりだと頓着などしていない。雪の句はなくて、花の句はある。

湯 壺 か ら 桜 ふ く ら ん だ

昭和七年時には春の雪に、たいして関心を示さなかったが、昭和九年はそうではない。三月十四日、其中庵での日記には次のような雪の句を記している。

この道しかない春の雪ふる

他に「雪ふりかゝる二人のなかのよいことは」「雪がふる人を見送る雪がふる」「ふる雪の、すぐ解ける雪のアスファルトで」などと作っているが、後日には捨てている。作句の背景を示す記述としては、作句当日の日記に次のように書く。

「曇、白い小さいものがちら〳〵する。（中略）夕方、約の如く敬治君が一升さげて来てくれた、間もなく樹明君が牛肉をさげて来た、久しぶりに三人で飲む、そして例の如くとろ〳〵になり、街に出かけてどろ〳〵になつて戻つた。」

翌日の日記には「雪が降りしきる、敬君を駅まで見送る、一杯やる、雪見酒といつてもよい。」と記す。いずれにしても、日記のような日常があっての作が「この道しかない春の雪ふる」であった。しかし、昭和九年六月号の「層雲」に発表したときは「旅から旅へ」の前書をつけている。気持の上では旅立ちたかったが、事実は旅立てないでいた時だ。

明らかに潤色があるが、旅に生きた山頭火の面目躍如の句になっている。実際に旅に出るのは一週間後で、三月二十一日には「出立の因縁が熟し時節が到来した、私は出立しなければならない、いや、出立せずにはゐられなくなつたのだ」と記述。けれど友人と名残りを惜しんでの酒に「とう〳〵出立の時間が経過してしまつたので、庵に戻つて、さらに一夜の名残を惜しんだ」と書いているのは山頭火らしい。三月二十二日になって、ようやく出立するという仕儀であった。

この旅は、境遇の似かよりから親密感をいだいていた、俳人井月の墓へ参ろうとする目論みであった。けれど信州木曽から飯田へ清内路峠を越すときに、深い積雪に行きなずみ、肺炎にかかって飯田で三週間も病院に入院している。

あるいは、その予兆かもしれないが、山頭火の健康状態は旅へ出る前から悪かった。二月下旬に北九州の句友たちを訪問し、飲み歩いている間に体調を崩している。二月二十五日、糸田の木村緑平居で、「急に左半身不髄の症状に襲はれた、積悪の報いたしかたなし、飲みすぎ食ひすぎはつゝしむべし」と書く。二十六日には「左手が利かない、身体が何だか動かなくなりさうだ、急いで帰庵することにする、八時出立、直方までは歩いた」と記す。

帰庵してからも片手を使うだけの生活で、「身辺整理、――遺書も認めておかう」と書く心境だった。また三月七日には「心臓がわるい、心臓はいのちだ、多分、それは私にとつて致命的なものだらう。どうせ畳の上では往生のできない山頭火ですね、と私は時々自問自答する、それが私の性情で、そして私の宿命かも知れない！」と記す。こんな思いがずっとあって、彼は旅で死ぬことを考えていたのかもしれない。そんなときに春の淡雪が降れば、身は庵にあっても心は旅に遊んでいたのだろう。

先にも引用したが、「この道しかない春の雪ふる」、――この道は死を覚悟してのものだろう。その上に降る春の雪もまた山頭火の心境を如実に表現するものであった。歳時記にある季語としての「春の雪」ではなく、彼には一回かぎりの〈春の雪ふる〉でなければならなかったはずだ。

山頭火にとっては、誰もが一様にいだくであろう「春の雪」のイメージを超えて、超季の世界で相対する〈春の雪〉であった。これと類似した用法として、長い前書をつけた次の句もある。

生を明らめ死を明らむるは仏家一大事の因縁なり（修証義）

生死の中の雪ふりしきる

この雪は厳冬期に降る雪だが、山頭火にとっては一回限りのもの。歳時記的な意での雪とは異なっている。

ところで、〈春の雪ふる〉の句で次の一句も思い出す。山頭火が自選した句集『草木塔』にも収録している、人口に膾炙する句でもある。

春の雪ふる女はまことうつくしい

前書には「宝塚へ」とあり、昭和十一年三月八日の作。典型的な二句一章の俳句だ。彼としてはめずらしく、句友仲間と吟行に出かけて成った句である。三月八日の旅日記にはこう記す。「雪中吟行、神戸大阪の同人といつしよに、畑の梅林へ、梅やら雪やら、なか〳〵の傑作で、忘れられない追憶となるだらう、西幸寺の一室で句会、句作そのものはあまりふるはなかつたが、句評は愉快だつた、酒、握飯、焼酎、海苔巻、各自持参の御馳走もおいしかつた。」

また「雪は美しい、友情は温かい、私は私自身を祝福する」とも付け加えている。旅の途中で味わった束の間の幸福感であった。それもまた山頭火にとっては一回限りとはいえなくもないが、この時の〈春の雪ふる〉には心なごむものがある。実は旅日記に書きつけた原句は、次のような句と共に並べられている。

雪でもふりだしさうな、唇の赤いこと
春の雪ふるヲンナはまことうつくしい
春比佐良画がくところの娘さんたち
みんな洋服で私一人が法衣で雪がふるふる

後に〈ヲンナ〉を〈女〉と改稿し、掲出の一句だけを残して他はみな捨てている。

うらうらほろほろ散る桜

花といえば桜であり、日本人にこれほど馴染み深い花はない。なぜこれほどまでに桜好きかと思わぬでもないが、つい花のころになると心は浮かれてしまう。『古今和歌集』にある在原業平の「世中にたえてさくらのなかりせば春の心はのどけからまし」と詠んだ歌人の気持はよく分る。

花を観賞する文化も、いつの時代か中国から教わったものだ。奈良時代には、中国伝来の梅を愛する人の方が多かった。『万葉集』では、桜より梅を詠んだ歌の方がはるかに多い。桜が日本の代表的な花になるのは、都が京都へ移った平安時代以降のようだ。

ついでに歴史的興味でいえば、江戸時代の本居宣長が詠んだ次の歌がよく知られている。

敷嶋のやまとごころを人とはば朝日ににほふ山桜花

宣長は「大和心とは何ですか」と問われたら、「朝日に照り映えている山桜花だ」と答える、というのだ。明解で端的な返答である。朝日に映える桜の美しさに無条件で感動できるような情動こそが、日本人の特質だという。

山桜の名所としては、まず吉野だろう。私は十数年前に出版社企画で、カメラマンと共に下千本、中千本、上千本、そして奥千本まで桜取材をしたことがある。花と同時に赤味を帯びた若葉が映えて全山美しい。一重の花は優雅で、散りぎわがまことに潔い。

もっとも散りぎわの潔さを強調しすぎるのはゆがんだ受け止め方で、あまりに精神主義になると弊害を生む。世の中が平和なときは大和心を楽しむが、非常時には大和魂を駆り立てて戦争へと向かわせた。そんな忌まわしい昭和の歴史もあるが、そのころ山頭火は渦中にあって桜をどう見ていたか。昭和十三年には、

炭坑地風景

花ぐもりの炭車長う長うつらなり

みちがわかれるさくらさく猿田彦

花ぐもりいういうとして一機また一機

昭和十三年四月十三日の日記には、「戦争は必然の事象とは考へるけれど、何といっても戦争は嫌いだと思ふ」と書いている。翌々十五年の三月三十一日の日記には次のように記す。

「身心すこし不調、終日不快。
新支那中央政府の成立、そして南京遷都の記事が厳粛なものを与へる、いろ〳〵のことを考へさゝないではおかない、国民精神総動員といひ、東亜新秩序の建設といひ、そして闇取引のたえない事実といひ、国民的訓練の不足といひ、犠牲の不公平といひ…私のやうなものでも、自他に対して憤慨にたへないおもひがする。」

う ら う ら ほ ろ ほ ろ 花 が ち る
なければないで、さくら咲きさくら散る

もうすこし花の句を見ておこう。山頭火の俳句の中でも異色なのは次の一句。

さくらさくらさくさくらちるさくら

これはどう読めばよいのだろう。漢字を当てはめれば「桜桜咲く桜散る桜」となり、普通には「さくらさくら／さくさくら／ちるさくら」と読むのだろう。いやおもしろいのは「さくら／さくらさく／さくらちる／さくら」の方かもしれない。
この句は昭和七年四月十五日の作。行乞記には日付に続けて、「夜来の雨が晴れを残していつた、行程二里、福岡へ予定の通り入つた、出来町、高瀬屋（　・中）」と記す。

そして行乞記の一部は、

「博多名物――博多織ぢやない、キップ売（電車とバス）、禁札（押売、物貰、強請は警察へ）、と白地に赤抜で要領よく出来てゐる（西新町はそれはあくどかつた、字と絵とがクドすぎる）。西公園を見物した、花ざかりで人がいつぱいだ、花と酒と、そして、――不景気はどこに、あつた、あつた、それはお茶屋さんの姐さんの顔に、彼女は欠伸してゐる。」

西公園での花見が掲出の句となったのだろう。対象はさくらばかり。彼は「素材を表現するのは言葉であるが、その言葉を生かすのはリズムである（詩に於ては、リズムは必然のものである）。或る詩人の或る時の或る場所における情調（にほひ、いろあひ、ひびき）を伝へるのはリズム、――その詩のリズム、彼のリズムのみが能くするところである」と書いている。リズムを主眼としての作らしいが、出来映えには感心しなかったらしい。自選句集から外した句である。

昭和十年における桜の句も見ておこう。四月七日の日記では、「今日は今年の花見の書入日第一の日曜だらう。私にしてもぢつとしてをれない日だ。どこといふあてもなく歩いた。我人ともになつかしい。さくら、さくら、酒、酒、うた、うた」と書き、次のような桜の句がある。

水音の暮れてゆく山ざくらちる　　山頭火

さくら二三本でそこで踊つてゐる
さくら咲いて、なるほど日本の春で
晴れてさくらのちるあたり三味の鳴る方へ

山頭火は当時の日記の中で、別に「ぐうたら手記」の項目を設けて、俳句についての偶感を書いている。ここでは一つだけ、四月三日の「ぐうたら手記」を引用しておこう。

「□私はうたふ、自然を通して私をうたふ。
□私の句は私の微笑である、時として苦笑めいたものがないでもあるまいが。
□くりかへしていふ、私の行く道は『此一筋』の外にはないのである。
□俳句性を一言でつくせば、ぐつと掴んでぱつと放つ、といふところにあると思ふ。
□私の傾能《ママ》は老境に入るにしたがつて、色の世界から音の世界――声の世界へはいつてゆく。
□俳句のリズムは、はねあがつてたゞよふリズムであると思ふ。
（井師は、短歌をながれてとほるリズム、俳句をあとにかへるリズムと説いてゐる。）」

また一枚ぬぎすてる

季節によって衣服を改めるのが更衣。昔は宮中でも民間でも、陰暦四月一日と十月一日に衣を更えるのを例とした。現在ではそれほど厳密ではないが、五月になると綿入れなどは暑くて着ておれない。芭蕉には次のような句がある。

ひとつ脱いで後におひぬ衣がへ　　芭蕉

旅の境遇にあっては、たしかにこれも更衣だ。山頭火はこの句に唱和してか、「今日から単衣にする、わざと定型一句――」と但し書きをつけて、次のような句を作っている。

さすらひの果はいづくぞ衣がへ　　山頭火

山頭火にとって、こうした定型句を作るのは朝飯前だが、矜持があって作らない。そうした心境を当時の日記から抜粋して示すと、

「昨夜は一睡もしないで、自己に沈潜した、自己省察は苦しかつた、だが、私の覚悟はきまつた。――私は名誉もほしくない、財産もいらない、生命さへも惜しいとは思わない、いつまで

生きるか《ママ》解らないが（あゝ、長生すればまことに恥多し！）、生きてゐるかぎりは私の句を作らう。すなほにつゝましく、――あるところのものに足りて、いういうとして怠りなく、――個性の高揚。久しぶりに花を活ける、卯の花は好きだが、薊も悪くない、総じて野の花はよい」（昭和十三年五月二十二日）

俳句においても個性の高揚を旨とした。そういう山頭火も時節の推移に敏感で、「自然に即して思想が現はれる、思想を現はすやうに自然を剪裁するのではない、――これが私の現在の句作的立場である」（昭和十二年五月二十九日）とも書いている。その真意はどこにあるのだろう。彼にいわせれば、歳時記にある季語というものは、用法を誤れば自然を剪定栽培した結果から成ったようなものにしか使われず、観念的なものだと考えていたのではないか。あらかじめ決められた季語の観念性に、欺瞞を感じていたようだ。

山頭火の更衣について、もう少し見ておこう。昭和七年五月はまだ放浪流転の日々にあって、更衣を迎えている。五月一日の行乞記には、離別の妻サキノから旅先に小包として袷が送られてきたことを記す。届け先は親友の木村緑平。山頭火はサキノに送り先を緑平宅と指定していたのだろう。

「彼女からの小包が届いてゐた、破れた綿入を脱ぎ捨てゝ袷に更へることが出来た、かういふ場合に私とても彼女に対して合掌の気持になる。」

彼は緑平居で旅装を改めて再び旅へ。そのころ緑平は福岡県田川郡糸田村（現・糸田町）にある豊国鉱業所の社宅に住んでいた。炭坑病院の勤務医である。五月二日にはそこを辞して、四里歩いた呼野というところで早泊り。

天候もよかったし、懐には緑平と別れたとき貰った小遣いもあった。行乞記には「五月は物を思ふなかれ、せんねんに働け、といふやうなお天気である、かたじけないお日和である」と殊勝に書きながらも、金があれば行乞はしない。目は自然の風景へと移り、次のような観賞文となっている。

「今日の道はよかつた、いや、うつくしかつた、げんげ、たんぽゝ、きんぽうげ、赤いの白いの黄ろいの、百花咲きみだれて、花園を逍遥するやうな気分だつた、山もよく水もよかつた、めつたにない好日だつた（それもこれもみんな緑平老のおかげだ）、朝靄がはれてゆくといつしよに歯のいたみもとれてきた。」

あるけばきんぽうげすわればきんぽうげ　　山頭火

衣がへ、虱もいつしよに捨てる

山頭火の更衣は実にユニークである。五月一日に緑平居で更衣したはずだが、五月二十四日には山口県の川棚温泉から緑平宛に次のようなハガキを出しているのだ。

「まつたく夏ですね、また衣がえ！　ノミもシラミもアカもボンノウも、ナニもカもいつしよに。——

　ふるさとの夜は蛙の合唱

ゲロ〱ゲロ〱、蛇を警戒せよ。

これから嬉野へ向ひますが、考へてみれば（考へなくとも）そこに寝床があるぢやなし、待つてる人がをるぢやなし、もつと、もつと歩きませうか、痔なんか問題ぢやありません。

　　旅の眼ざめの朝月を見出した

御腹臓《ママ》なき御意見をうけたまはりたし、星城子気付で。」

山頭火の更衣は、綿入れから袷へといった単純なものでなかったようだ。本来、無一文を標榜しての乞食生活であったから、いわゆる更衣などは末梢的なこと。いざ更衣をするとなれば、「ノミもシラミもアカもボンノウも、ナニもカもいつしよに」ということになるらしい。といって人並みの感情は持っており、「もう茨の白い花がちらほら、セルを着て歩く若い女の姿は悪くない、初夏風景の一つ」（昭和九年五月十六日）とも書く。

ところで山頭火の心身状態は、更衣のころになると良くないという。みずからは新緑病といっているが、若いころから自覚していた症状であった。昭和八年の日記にも、そのことに触れている。

「曇、をり〳〵雨、夕方からどしやぶり。
晩春から初夏へうつる季節に於ける常套病——焦燥、憂鬱、疲労、苦悩、——それを私もまだ持ちつゞけてゐる。」（四月三十日）

また昭和十四年五月二十二日の日記にも、

「私はこのごろからことにふさいだりいら〳〵したりする、密柑《ママ》の花が匂ひ蛍が飛びかふころは」と記している。そして秋に亡くなる昭和十五年五月のころも心身の調子は最悪であったようだ。おそらく日記も書けないほどで、大部分は空白。五月二十七日から山口、福岡へと旅に出た記録だけはやっと遺している。

「早起出立、中国九州の旅へ、——九時の汽船で広島へ向ふ。
身心憂鬱、おちついてはゐるけれど、——この旅はいはゞ私の逃避行である、——私は死んでも死にきれない境地を彷徨してゐるのだ。」

いつまでたっても常套病から脱却できない山頭火であったが、そんな煩悩が彼を俳句に向かわせたともいえる。彼はいろんなものを捨てるために旅に出た。その旅先での一句は、

また一枚ぬぎすてる旅から旅

しみじみと濡れ

破れ傘一境涯と眺めやる　　　後藤夜半

この句を見たとき、すぐ山頭火を思い浮かべて笑ってしまった。夜半の句意はもちろん他のところにあるが、破れ傘の語が山頭火の境涯を実にぴったり象徴したものでおかしいのだ。「破れ傘」とは、夏の季語で、キク科の多年草。おどけてつけた名ではなさそうだが、その姿を破れ傘を広げた形に見立てて名付けたものらしい。

破れ傘は夏になると、茎の上部にぱらっとした穂をなして頭上花をつける。地味で観賞に足るものではなく、七裂八裂の葉の形におもしろさがあろう。あるいは山頭火が破れ傘に関心を示していないかと調べてみたが、句作にはない。彼の方は傘ではなく笠で、次のような句を作っている。

笠も漏りだしたか

笠は差し傘と区別して〈かぶりがさ〉ともいう。山頭火が使用したのは網代笠で、竹を網代に組んで半球形につくられたものだ。

まつたく雲がない笠をぬぎ

笠をぬぎしみじみとぬれ　　山頭火

天気の日には日除けに、雨の日は雨具として用いている。山頭火には笠についての感懐を書いた随筆「三八九」復活第四集・昭和七年十二月）がある。

「冬雨の降る夕であつた。私はさん〴〵濡れて歩いてゐた。川が一すぢ私といつしよに流れてゐた。ぽとり、そしてまたぽとり、私は冷たい頬を撫でた。笠が漏りだしたのだ。

笠も漏りだしたか

この網代笠は旅に出てから三度目のそれである。雨も風も雪も、そして或る夜は霜もふせいでくれた。世の人のあざけりからも隠してくれた。自棄の危険も守つてくれた。――その笠が漏りだしたのである。――私はしばらく土手の枯草にたたずんで、涸れてゆく水に見入つた。」

笠一つにしても、それは単なる日用品ではなく、いわば身体の一部にまで溶けこんでいる。

無一物を志向する人間の、数少ない持ち物の一つに笠があった。夜半はキク科の植物〈破れ傘〉に一境涯を見い出しているが、山頭火の破れ傘はまさに境涯そのものといえよう。
山頭火の第三折本句集『山行水行』の扉には、次のような言葉が書かれてある。

山あれば山を観る
雨の日は雨を聴く
春夏秋冬
あしたもよろし
ゆふべもよろし

自然体の山頭火を表現したものとして、彼自身も好んで揮毫した言葉だ。またあるときは「雲水悠々として去来に任す、――さういふ境界に入りたい」（昭和七年四月二十三日）と、俳句のつもりではないと但し書きを付けながら次のような句も作っている。

雨なれば雨をあゆむ

少々気張ったところが俳句的でないと考えたか。確かに「笠も漏りだしたか」との比較でいえば、気力に落差はあろう。しかし、山頭火の生活は常に変動の連続で、両極端な精神の起伏を句にするところが真骨頂だ。ここで、昭和八年六月二十一日における行乞記の一節を引用してみよう。


「習慣で早く目が覚めたが起きずにゐた、梅雨空らしく曇つて、霧雨がふつてゐた。

七時出立、すぐ行乞をはじめる、憂鬱と疲労とをチャンポンにしたやうな気分である。

時々乞食根性、といふよりも酒飲根性が出て困つた、乞ふことは嫌だが飲むことは好きだ。

ひさゞ〵で、飯ばかりの飯をかみしめた、そのうまさは水のうまさだ、味はひつくせぬ味はひだ。

本降りとなつたが、わざと濡れて歩きつゞけた。厚東駅まで八里、六時の汽車に乗つた。

山頭火には其中庵がある、そこは彼にとつて唯一の安楽郷だ！

　今日の行乞所得
　米一升六合　銭四十一銭
途上一杯の酒、それはまさに甘露！」

山頭火の或る日の一日がうかがえる行乞記だ。昭和七年九月に入庵してより、行乞する日はめずらしい。文中「ひさびさで、飯ばかりの飯をかみしめた」とある。たしか昭和五年には次のような一句も。

しみじみ食べる飯ばかりの飯である

ほんとうに米のおいしさを味わうなら、この食べ方だ。「そのうまさは水のうまさだ」とも書くが、淡如水とは彼が好んで揮毫した語である。水のごとくに淡い、その淡さこそ日本人好みの簡素さだろう。

山頭火はよく放下、また放下着という語を連発する。禅で精神的、肉体的な一切の執着を捨て去って解脱することを放下という。また放下着の着は命令の意を表す助詞で、放り出せ、投げ捨てよ、とらわれを捨てよ、という意。放下して簡素になることで味わえる世界を最上のものと考えていたようだ。

引用の行乞記には「本降りとなつたが、わざと濡れて歩きつゞけた」とも書く。それを句にして、

笠をぬぎしつとりと濡れ
ふるもぬれるも旅から旅で
禿山しみじみ雨がふるよ

あるいはこれを改作して、成案を得たのが次の一句か。

笠をぬぎしみじみとぬれ

〈しみじみ〉は心に深く感じているさまを表す語だ。彼は「しみじみ生かされてゐることがほころび縫ふとき」とか「しみじみしづかな机の塵」などの句も作っている。すなわち山頭火好みの言葉の一つであり、それが日本的な味のある言葉と認識していた。そして〈しみじみ〉とした風景を、いかに句にするかで彷徨したといえる。

ハダカは其中風景

まいにちはだかでてふちよやとんぼや

山頭火の第七折本句集『鴉』に収められた一句である。その巻末に「三年ぶりに句稿（昭和十三年七月——十四年九月）を整理して七十二句ほど拾ひあげた。」と書いているから、昭和十四年の作であろう。

彼が山口市の湯田温泉に転居したのは昭和十三年十一月二十八日。めずらしくも四畳一間の離れ家で、そこを風来居と名づけて住みついている。

湯田温泉は山陽路随一の温泉郷で、山口市の市街地の一部をなしている。歓楽的色彩も濃く、酒好きの山頭火には心落ちつかない場所でもあった。

千人風呂
ちんぽこもおそそも湧いてあふれる湯

千人風呂というのは湯田温泉にある共同湯である。山頭火の句によれば、あたかも混浴のようだが、当時も男湯と女湯の間には厳然と仕切りがあった。今はこの句を喜ぶ人が多く、大きな石の句碑となって、観光の一翼を担っている。

湯田温泉に行けばもう一つ、高田公園の中に山頭火句碑がある。温泉街の中心にある公園で、「ほろほろ酔うて木の葉ふる」の自筆を刻んだ立派な句碑だ。そして、向かい合って建つもう一つの文学碑は、中原中也の「帰郷」と題した詩の一部を刻んだものだ。その目と鼻の先が中也の生家があった場所で、現在は瀟洒な中原中也記念館が建っている。

私は詩人中也について、数冊の本を書いている。そのうちの一冊は、母親の中原フクさんから聞いた話をまとめた『私の上に降る雪は』という本。講談社の文芸文庫で復刊（一九九八年六月刊）される機会に読み返したが、初版はもう三十五年も前になる。中也の実母フクさんはそのとき九十四歳になっていたけれど、記憶は確かだった。おもしろかったのは山頭火の思い出話もあり、その聞き書きには次のようにフクさんの談話を記述している。

「いつか、湯田でも文学好きな連中が集まって、『詩園』などという雑誌を出し、中也のことなどかいておったようです。種田山頭火さんという俳人を湯田に連れてきたのも、その連中だったようです。あれは昭和十四年ころでした。

種田さんは、私の家の近くに住んでいたようですが、家にもしょっちゅう遊びに来ておりました。まだお話をしたこともないくらいな時でも、座敷にあがるとパッと着物をぬいで、ゴロンと横になって寝ておりました。『なんという男じゃろう』と、私はそれにたまげました。（中略）呉郎たちは、『あの人はなかなかえらい人ですよ』と、しきりにほめておりました。けど、座敷にあがれば、裸でゴロンと横になっておりましょう。ああいう社会では、えらいといわれる人はあんな不作法でも、とおるのじゃろうか、と思っておりました。」

山頭火は、どこへ行っても、裸でいるのが好きだった。それも自由の発露だったかもしれないが、一般の社会規範では裸は恥ずかしいものとされている。あるいは、こうした規範に反抗しようとする風潮がアメリカあたりに生まれたのは、もうちょっと後年である。山頭火の場合、それほど大それた気持ちはない。たとえば日記には次のように書く。

「裸礼讃、むろん私は朝からハダカだ、お客にもすぐハダカになつてもらう、ハダカは其中風景のありがたい一景だ」

其中風景というのは、仏書に其中衆生、其中一人などの用例があるが、ここでは単純に〈その中〉の意。彼は風来居に移る前の六年間余、其中庵と名づけた草庵に住んでいた。そこは山裾の一軒家だったから、山頭火の裸暮らしを咎める者はいない。昭和八年七月六日の其中庵での日記には、

「夏はうれしや、プロの楽園、ルンペンの浄土、浴衣があれば蚊帳があればゆつくり暮らせる、ハダカで暮らせ、身も心も、君も僕も。」

その月の句稿で、裸を詠んだ句を挙げれば次の三句だ。

朝からはだかで蟬よとんぼよ

朝からはだかで雑草の花

いたゞきのはだかとなつた

いや早くも六月二十七日には次の一句。

すつぱだかへとんぼとまらうとするか

山頭火の裸礼賛は、蝶やとんぼと戯れることであり、雑草と親しむことであった。自然と共

にある山頭火は暑くなれば裸になり、無邪気に過ごしただけだろう。毎年それを繰り返し、「朝からはだかで」と詠んだ句も多い。そして成稿を得たのが冒頭に引用の「まいにちはだかでてふちよやとんぼや」であった。

道問へば路地に裸子充満す　加藤楸邨

肥後の子は裸跌に天が下　上村占魚

ともに裸身ともに浪聴き父子なる　大野林火

裸を詠んだ定型句である。どれも子供が中心で客観の情景だ。林火の句に類似するものとしては、

はだかではだかの子にたたかれてゐる　山頭火

静的な林火の句に対して、山頭火の句は動的である。山頭火が行乞先でかいま見た庶民生活の一コマだろう。親子共ども裸で昼寝の最中だったが、幼児は目覚めて親にじゃれつき、たたいているのだろう。あるいは托鉢の読経が昼寝の邪魔をしたか。

裸寝の臍は望みて遥かなり　楸邨

へそが汗ためてゐる　山頭火

いずれも裸寝の豪快で野性的な昼寝である。それを額縁入りの立派な絵のようにしたのが楸邨句。山頭火の方はズームアップして、へその汗まで写している。下品すぎるという評もあるが、どちらが現代的かといえば山頭火の方だろう。いわゆる遠近法を無視して対象に接近すれば、規範の型も崩れざるを得なかった。
山頭火の裸礼賛も、やはり規範破りの一つであったかもしれない。

哀愁のつくつくぼうし

夏の蟬に対して、蜩や法師蟬は秋のものだ。その鳴き声はどことなく哀愁の響きがある。その呼び名も蜩を「かなかな」、法師蟬を「つくつくぼうし」といえば、さらに情趣の深まる場合が多い。

法師蟬しみじみ耳のうしろかな　川端茅舎

また微熱つくつく法師もう黙れ

茅舎の後半生は結核や脊椎カリエスなど多病で苦しんだ。そのため体調の波も大きく、良いときはいわゆる茅舎浄土の心境を保てたが、悪いと忍耐力が欠けてくる。その差をうまく使い分けているのが掲出句だ。前の句は新涼のなかで法師蟬の鳴き声を慰みとして、しみじみ快いものとして聞いている。けれど微熱が出た夕方には、この上もなくうるさく感じられたのだろう。

つくつく法師は、鳴き声を言語音で模写した語で擬声語という。これは語音と意味の間に心理的な必然関係をもち、理性よりも感情に訴え迫真的効果をあげる。後の句で「もう黙れ」と感情をむき出しにいう場合は、法師蟬ではおさまりが悪い。

山頭火はどうも「つくつくぼうし」一辺倒で、法師蟬の名で呼ぶことはなかった。たとえば昭和十年八月二十日の日記には、

「蟬がいらだたしく鳴きつづける、私もすこしいらいらする、いけないく、落ちつけく。つくく〵ぼうしの声をしみぐ〵よいと思ふ、東洋的、日本的、俳句的、そして山頭火的。」

また昭和七年八月二十日には、次のようにも書いている。

「やつと心気一転、秋空一碧。

初めてつくく〵ぼうしをきいた、つくく〵ぼうし、つくく〵ぼうし、こひしいなあ。

いよ〳〵身心一新だ、くよ〳〵するな、けち〳〵するな、たゞひとすぢをすゝめ。」

山頭火は「歌でも句でも、詩は自然景象を通して生活感情がにじみ出てゐなければならない、いひかへれば自然が自己とならなければならないのである」（昭和八年八月二日）とも書いている。けれど、その逆のこともあったようで、生活感情を通して自然景象を詠むことも多かった。さらに昭和八年八月二十六日の日記から引用してみよう。

「つく〳〵ぼうしがいらだゝしく鳴く、その声が迫りくるやうにこたえる。今日はどういふものか感傷的になつた。そして厭世的にさへなつた。私はセンチメンタリストではあつてもペシミストではない、しかし今日のやうな場合には、もし私が死ねる薬を持つてゐたならば死んだかも知れない。」

大変興味深い記述である。いらだたしいのはつくつくぼうしの方でなく、山頭火の感情である。それもひどい程度で、死ねる薬があったら飲まずにおれなくて、飲んで死んだかもしれないというのだ。ほんとうだろうか。つくつくぼうしの鳴き声に滅入って死ねる薬を飲んでいたのでは、命がいくつあっても足りない。けれど一年後、つくつくぼうしの鳴く季節が到来し、そのときは死ねる薬がふところにあった。

つくつくぼうしよ死ぬるばかりの私となつて　　山頭火

死ねる薬が身ぬちをめぐるつくつくぼうし
今が最後の、虫の声の遠ざかる

死にゆく自分を句にしたものだ。その原因は知らないが、ときどき人生に収拾がつかなくなる。それを紛らすためあれこれ努力した。「カルモチンよりアルコール／ちよいと一杯やりましよか」など戯歌を作り誤摩化そうともした。けれど容易に気分転換できない性状であったというべきか。それがよく分るのは、現存では最も古い行乞記の書き出し部分、昭和五年九月十四日に次のように書く。

「一刻も早くアルコールとカルモチンとを揚棄しなければならない、アルコールでカモフラージした私はしみ〴〵嫌になつた、アルコールの仮面を離れては存在しえないやうな私ならばさつそくカルモチンを二百瓦飲め（先日はゲルトがなくて百瓦しか飲めなくて死にそこなつた、とんだ生恥を晒したことだ！）。

呪ふべき句を三つ四つ

蟬しぐれ死に場所をさがしてゐるのか
・青草に寝ころぶや死を感じつゝ
毒薬をふところにして天の川

・しづけさは死ぬるばかりの水が流れて
熊本を出発するとき、これまでの日記や手記はすべて焼き捨て、しまつた」
日記を焼き捨てたのは一種の身辺整理、山頭火は人生の再出発をはかろうとしたのだろう。
このとき詠んだ異色の句として、次の二句を記している。

かな〳〵ないてひとりである　山頭火
焼き捨て、日記の灰のこれだけか

つくつくぼうしにしてもかなかなにしても、山頭火にはいつも身に迫るものがあったようだ。
それをうまく俳句の中で生かしている。

いそいでもどるかなかなかなかな

山頭火にはもうどこにも戻るところはなかったが、それでも急ぐのだ。なんとなく哀しい。

華山山麓の友に
やうやくたづねあてゝかなかな

また心ひかれるつくつくぼうしの句も多い。日記を焼き捨てた以前の、山頭火の放浪流転時代の句をここに引用してみよう。

この旅、果もない旅のつくつくぼうし
わかれきてつくつくぼうし
年とれば故郷こひしいつくつくぼうし　　山頭火

月にうたう

山頭火は自由律俳句を作る俳人で、季語や定型に拘らないが、無視していたわけではない。いわゆる革新の気概があって、伝統の殻を破り一歩を踏み出したかっただけだ。けれどその一歩は難業で、かえって伝統の力を深く認識するところもあった。

月は秋を代表とする季語の一つ。四季おりおりに見どころはあるが、秋の月はとくに清明だから季語となったか。そして花鳥風月、雪月花、花月と四季における自然美の典型的な風物の一つとして定着していった。とにかく秋の夜の月は、情趣深いものである。そういった伝統意識のなかで、山頭火も月の句を多く作っていることに注目したい。

昭和七年九月の日記から、月に関する記述を抜き出してみよう。このときは念願の草庵が実現する直前で、友人の世話で仮住いしながら草庵の夢を描いている時期であった。九月十五日の日記には、次のように書いている。

「ねむれない、三時まへに起きて米を炊《ママ》いだり座敷を掃いたりする、もちろん、澄みわたる月を観ることは忘れない。

・月のひかりの水を捨てる（自分をうたふ）

月並、常套、陳腐、平凡、こんな句はいくら出来たところで仕方がない、月の句はむつかしい、とりわけ、名月の句はむつかしい、蛇足として書き添へたに過ぎない。」

確かに例句はうまくない。それはさて、例句に続けて「自分をうたふ」と説明を付けているのに注目すべきだろう。俳句は自分をうたうものか。常識ではそうは言わない。近代俳句は即物的な写実を方法として出発し、特に虚子は客観の語を付して写生を強調した。

ふるさとの月の港をよぎるのみ　　虚子

虚子は瀬戸内海を船で九州へ向かったが、このとき故郷の松山には寄らなかった。それが〈よぎるのみ〉の表現となり、あえて感情の吐露を抑えている。山頭火はどうか。

お月さまがお地蔵さまにお寒くなりました

まるで童謡の世界である。この童心は客観写生から程遠く、むしろ対極をなすものだろう。

月がうらへまはれば藪かげ　山頭火
月がうらへまはつても木かげ

月と遊ぶ山頭火がいる。月の軌道は一定で、気安く裏へ回ったりしない。彼には「てふてふうらからおもてへひらひら」という句はあるが、月はひらひらとんだりしない。けれど彼にとっての月は、友ともいえる親しいものであった。

ほつかり覚めてまうへの月を感じてゐる

山頭火は自分も月も含めて、存在の世界を次のように考えていた。第三折本句集『山行水行』（昭和十年二月）のあとがきの一節には次のように書く。

「在るべきものも在らずにはゐないものもすべてが在るものの中に蔵されてゐる。在るものを知るときすべてを知るのである。私は在るべきものを捨てようとするのではない、在らずにはゐないものから逃れようとするのではない。

『存在の世界』を再認識して再出発したい私の心がまへである。うたふものの第一義はうたふことそのことでなければならない。私は詩として私自身を表現しなければならない。それこそ私のつとめであり同時に私のねがひである。」

たとえば月をただ客観的に写生するのではなく、月と共にある自分を、その感情も含めて表現しようというのだ。それが山頭火の〈うたふ〉ことの真義だろう。それにしても月の句は難しく、とりわけ名月の句は難しいという。

ところで月の名句として人口に上るのは、芭蕉の次の句だろう。

名月や池をめぐりて夜もすがら　　芭蕉
名月や北国日和さだめなき

前句は名月を賞して池の周囲をめぐり歩き、とうとう夜を明かしてしまった、の意。後句は前書に「名月は敦賀にありて」とあるから、名月は福井の敦賀で見ようとしていたのに、あいにく雨になってしまって、北国の定めない空を嘆いているのだろう。山頭火にいわせれば、芭蕉の句は常套的感傷と評すべきものだ。けれど、それゆえに日本人としての真情を吐露したものと高く評価されるのではなかろうか。

山頭火が詠む月の句も、奇を衒うものは一つもない。むしろ伝統的な意識によって、月を賞美する態度であった。ここに例句を数句あげてみよう。

雲がいそいでよい月にする　山頭火
月が昇って何を待つでもなく
月も水底に旅空がある

月をめでるのは俳句だけではない。たとえば『古今集』には次のような歌がある。

木の間よりもりくる月のかげ見れば心づくしの秋は来にけり　よみ人しらず
月みれば千々にものこそかなしけれ我が身ひとつの秋にはあらねど　大江千里

秋と月とをかかわらせながらの伝統的なものの見方、感じ方がある。それは寂しい、物思い、ものがなしい情感などのこもるものとされてきた。これを本意として、俳句も多く作られてきた。そんな歴史を、山頭火は知りすぎるほど知っている。昭和十三年九月二十五日の日記には次のように書く。

「歳事記を読みつゞけて、気がついたことは、月の例句は多すぎるほど多いが、さても気に入つた作は殆んど見つからない、一茶の句に多少ある、芭蕉はあまり多く作つてゐないやうである。門外不出、文字通りの無言行だつた。

今日は十句出来た、どうせ瓦礫みたいな句だけれど、磨いたならば、瓦は瓦だけの光を発するだろう、磨け、磨け、光るまで磨きあげることだ。

・象徴の世界

　形象から心象へ

　心象から形象へ

　形象即心象の境地」

引用文中に「今日は十句出来た」とあるが、句帖が失われていてどんな句かは分らない。自選句集『草木塔』から当時の月の句をあげておこう。

　日が山に、山から月が柿の実たわわ　　山頭火

　月は見えない月あかりの水まんまん

真如の月

前節に引き続き、月についてもう少々書いておきたい。どうも漂泊の詩人は誰もが月を気に

かけ、憧憬をいだいている。月にはそれだけ魅力があるわけで、芭蕉『おくのほそ道』の旅も、その動機は「松島の月まづ心にかかりて」ということであった。

松島は奥州随一の景勝として知られた歌枕、月をよんだ歌も多い。芭蕉は松島を訪れ、月見の場所として注目したのが、そこに住む隠遁者の庵であったというのがおもしろい。本文を引用してみよう。

「はた、松の木陰に世をいとふ人もまれまれ見えはべりて、落穂・松笠などうち煙りたる草の庵、閑かに住みなし、いかなる人とは知られずながら、まづなつかしく立ち寄るほどに、月、海に映りて、昼の眺めまた改む。」

芭蕉は隠遁者がどういう素性の人か知らなかったが、何より「なつかしく」という心持ちは無条件の信頼が前提だろう。それは共通の信じ合うものがあるからだ。この場合、心を寄せ合うものは月をおいて外になく、月に真如を観ようとした。

真如というのは一切のもののありのままのすがたをいう。ここでは月という自然のうちに示現される真実を観るのである。仏教においては月輪観《がちりんかん》として確立された観想法で、満月の月輪を対象として、そこに自らの悟りを得ようとするものだ。インド僧で初期大乗仏教の確立者竜樹は「我れ自心を見るに形《かたち》月輪の如し。何んが月輪を以て喩とするならば、いわく、満月円明の体は、即ち菩提心と相類せり」と説いた。日本では真言宗真義派の開祖の覚鑁《かくばん》は「月即ち是れ月なり。月輪の外に更に心念無し」と説いている。

とにかく精神を集中して月を観るのである。そして円満で清浄な月輪のうちに真如を観るわけだ。密教でいえば即身成仏の世界だろう。けれど詩人はそこまで踏みこまない。月に風情を感じ、心を分かつ友を持つことを最上とする。

山頭火が心にかけ、執念を燃やした旅に伊那の月見があった。そこは放浪の俳人井月が住みついたところで、日記には「私は芭蕉や一茶のことはあまり考へない、いつも考えるのは路通や井月のことである、彼等の酒好きや最後のことである」(昭和十四年九月十六日)と書く。

路通は芭蕉の門人だが、謎の多い乞食僧である。山頭火はその境涯に親近感をもったのだろうが、足跡までは追いきれなかった。その点で、井月は幕末から明治二十年に没するまで伊那盆地を歩き回った放浪の俳人。月の俳句も次のようなのがある。

旅役者もてはやされて月の秋　　井月
山を越川越けふの月見かな
酔いてみな思ひ思ひや月今宵
芋掘りに雇はれにけり十三夜

山頭火は井月にある種の共鳴を感じ、伊那を目指して旅立ったのが昭和九年三月二十二日だった。木曽路に入ったのが四月の半ば、坂下から清内路の峠を越えて伊那盆地の飯田到着は四月十五日だった。ここより井月の墓地のある伊那までは近い。しかし残雪の深い峠道で難儀して、急性肺炎にかかり寝こんでしまう。句友の家に厄介になっていたが、便所にも立って行けなくなってついに入院。その間に作った月の句を書き出しておく。

この窓、あるべき月のかたむいた　山頭火

山へはつきり落ちてゆく月

月よ山よわたしは旅で病んでゐる

まこと山国の、山ばかりなる月の

このときの旅は、当初の目的を果たせず引き返している。以来、因縁時節の到来を待ち、山頭火が再び伊那を目指したのは昭和十四年四月であった。それも急がず浜松あたりで時間かせぎをして、時機を待っている。

ふと三日月を旅空に

浜松から伊那盆地へは、天竜川沿いに上る道がある。歩いても数日で、まだ満月まではたっぷり時間があった。

一人へり二人へり月は十日ごろ

句の前書には「句会帰途」とある。まだ浜松に滞在し、句友たちと句会を楽しんでいるのだ。そして翌四月二十九日の旅日記には次のように書く。

「天長節。

早起、今朝はいよ〳〵出立である、浜松では滞在しすぎた。……

……私としては滞在しすぎました、これから秋葉山拝登、天龍を溯つて信濃路を歩きます、………どこへ行つても山は青いけれど、なか〳〵落ちつけません。……

野蕗老のまめ〳〵しさよ、おべんたうを詰めて貰ひ、残りの酒を酌んで別れる、なが〳〵お世話になりました、さよなら、ごきげんよう。」

山が月が水音をちこち

天竜川の支流を遡り、五月三日には伊那に着いた。そこの女学校の先生をしていたのが「層雲」同人の前田若水。会ったことはなかったが句友として親しかった。学校にまで訪ねて行って、その足で一緒に井月の墓に詣でている。それを旅日記には次のように書く。

「同道してバスで井月の墓に参詣した（記事は前《ママ》の頁に）、それから歩いたり乗つたりして高遠城址を観た、月が月蔵山から昇つた（満月に近い、ほんたうに信濃の月だつた）」

山頭火は念願の井月墓参を果たしたわけだ。井月が眠る墓地の様子はメモ書きで記している。後で随筆でも書くつもりだったのだろうが、いつもの通りで井月についての文を遺していない。

井月墓前にて

お墓したくてお酒をそゝぐ　　山頭火

お墓撫でさすりつゝ、はるばるまゐりました

供へるものとては、野の木瓜の二枝三枝

墓参をすませた後の山頭火は、若水に連れられて高遠城址に登っている。それは引用文のとおりだが、感動的なのは昇った月が満月に近いという記述。もちろん月の句も詠んでいる。「高遠」と前書を付けた句は、

なるほど信濃の月が出てゐる

合点がいったとき、相手に同意する気持を表わす「なるほど」である。山頭火は誰に同意したのか。考えられるのは先人の井月であり、井月の詠んだ月の俳句にも共鳴したのだろう。

名月は空に気の澄む今宵かな　　井月

また銘記すべきは、山頭火が満月の月蝕を見ていることだ。「五月三日の月蝕」と前書きを付けて、

旅の月夜のだんだん虧《か》げてくる　　山頭火

この月は山頭火にとって、実に印象ぶかいものであった。その感激を親友の久保白船にハガキで「天龍川を遡つて、やうやく昨日伊那入、さつそく井月のお墓まゐりをいたしました、これから木曽路を歩いて一応帰山いたします」と書き、「昨夜の月蝕」と前書を付け、前掲の句を書いている。

高遠の空にかかった満月は、まさに真如の月であったろう。この月を媒介に、この地に眠る井月へも共鳴できるものがあったはず。それが山頭火の井月思慕の旅であり、やっと果たした満足の喜びが「なるほど信濃の月が出てゐる」と合点の句になった。

其中風景

秋の色糠《ぬか》味噌壺もなかりけり　芭蕉

前書には「庵に掛けむとて句空が書かせる兼好の絵に」とある。句空は芭蕉の弟子で金沢に住み、脱俗の草庵暮らしを営んでいた。兼好は『徒然草』の中で「後世を思はむ者は糂汰瓶《じんだびん》一つ持つまじき事なり」と書き、簡素な生活を第一とした。糠味噌壺と糂汰瓶は同じもので要は無一物を信条とする内容だ。そんな兼好の様子を描いた絵に、芭蕉が画賛としてつけたのが掲出句であろう。

山頭火にとっても共鳴すべき感銘ぶかい句であろう。境涯の似通りから路通や井月の方に肩をもったが、芭蕉はいつでも格別の存在だった。昭和七年十一月六日の日記には次のように書く。

「夜はしづかだつた、雨の音、落葉の音、そして虫の声、鳥の声、きちんと机にむいて、芭蕉句集を読みかへした、すぐれた句が秋の部に多いのは当然であるが、さすがに芭蕉の心境はれいろうとうてつ、一塵を立せず、孤高独歩の寂静三昧である、深さ、静けさ、こまやかさ、わびしさ――東洋的、日本的、仏教的（禅）なものが、しん〳〵として掬めども尽きない。」

一所不住の山頭火も、草庵を結んで四十日余り経っている。ようやく落ちついて読書する余裕が出来たか。また周りを見る目も徐々に変わってゆく。じっくり身辺の風景を眺め、馴染んでいこうともする。そこに風景も新たな様相を見せてくるわけだ。ここでは庵を結ぶ以前と以後を視野に入れながら、山頭火の風景観をさぐってみたい。

山頭火の風景観を端的に示すものとして、次のようなフレーズがある。昭和九年十一月二十五日の日記には、枠でかこって

改作
山あれば山を観る
雨の日は雨を聴く
春、夏、秋、冬
あしたもよろし
ゆふべもよろし

何度か改作しての決定稿だったらしい。彼にとっても気にいったフレーズだったようで、運筆自在な遺墨も数点のこしている。

彼は身辺風景をうたい、雑草を心ゆくばかりうたいたい、という。身辺とは説明するまでもなく身近なあたり、いわゆる日々の生活と密接にかかわるものだ。彼はそれを少々難しく表現し、「流転する永遠の相、永遠が流転する相」と流転をキーワードに考えたりもする。平明にいえば、身辺風景をうたうとは生活の句を作ること。山頭火は次のようにも書いている。

「△生活の句とは――

句は無論生活から遊離して作られたものであってはならない、否、生活に即して、生活からにじみでた句でなければならない。生活の表皮や生活断片そのままの叙述は句ではない、日記の一節であり、感想の一端に過ぎない、生活そのものの直接表現、自然現象を通して盛りあがる生活感情、そのどちらも生活の句である。」（昭和九年十一月十八日）

実に穏当な俳句の作り方を披瀝している。これだけ読めば、虚子の指導する俳句理念とも似たり寄ったり。すなわち俳句の基本ともいうものだろう。また句作の心を窺えるものとして、山頭火の日々の日記は貴重である。これも昭和九年十一月十四日の一節から引用してみよう。

「好晴、身辺整理。

私の心は今日の大空のやうに澄みわたる、そしてをり〳〵木の葉を散らす風が吹くやうに、私の心も動いて流れる。」

空が澄み、風が吹き、木の葉が散るのは自然現象である。それがそのまま心に反映し、〈動いて流れる〉ところが要点なのだ。山頭火の日記を読んでいけば、その振幅が大きくて、いわゆる実生活の方を踏み外す。その意味では風景のとりことなった俳人ともいえようが、それだけ自然観察にはすぐれたものがあったと思う。

一所不住の流転の旅にあっても、先ず心にかかるものは美しい風景であった。昭和五年十一月六日は九州大分の三重町から竹田へと歩く行乞の旅。「二里の山路はよかつた、丘から丘へ、上るかと思へば下り、下るかと思へば上る、そして水の音、雑木紅葉――私の最も好きな風景である」と書く。

まっすぐな道でさみしい

もちろん情況は違っているだろうが、山頭火好みの風景と照らし合せば変化のないまっすぐな道には耐えられない気分だったのだろう。

物乞ふ家もなくなり山には雲　山頭火
あるひは乞ふことをやめ山を観てゐる

山頭火は行乞途上でも、美しい風景に出会うと、腰をおろしてじっくり眺めている。そして含蓄のある風景だ、などと観賞することも多かった。特に好きな季節は秋冬の交だという。

「秋から冬へ――晩秋初冬は私の最も好きな季節であるが、庵もこの季節に於てそのよさを最もよくあらはす、清閑とは其中庵の今日此頃の風趣である。」（昭和九年十一月十八日）

この季節は木の葉散る枯れ葉のころだ。うら寂しさを感じるが、彼は枯れゆく草を美しいという。そこに枯淡の味があり、「いはゆる枯淡にはその奥がまだある、水のやうに流れるものは常に新らしい」とも書く。そして流れていても変わらない永遠なものとして仏があった。

もっと詳しく書きたいが、後日にする。関連の記述をこれも日記から引用しておこう。

「△『生死は仏の御命なり』何といふ尊い言葉であらう、生も死も去も来も仏のはたらきである、それは人間の真実である、人間の真実は仏作仏行である。」（昭和九年十一月十八日）

落葉ふるおくふかく御仏を観る

しぐれの音

風景と言えば、先ず目に入る美しい自然のことを考えがちである。人はよく「これは絵になる風景だ」などという。ヨーロッパでは風景画というジャンルが確立していて、近代日本の芸術はその影響を受け視覚重視の傾向が強い。

はたして風景とは、目に見えるものばかりだろうか。たとえば海辺の風景といったとき、思い浮かべるものは視覚的な白砂青松ばかりではあるまい。白砂にしても素足で歩いた砂の感触、渚に打ち寄せる波の音、潮の香り、浜辺で食べた栄螺の壺焼きの味など思い出す。それら一切合切から風景は成り立っている。

風景といえば視覚的なものばかりと考えがちだが、どうもおかしい。近代俳句もそれを鵜呑みにしたきらいがある。元凶は西洋絵画の描法に真似て、俳句における写生説を唱えた正岡子規といえそうだ。虚子に至ってはこれを隘路に追いこんで、客観写生を金科玉条のものにしてしまったから始末が悪い。理論として大筋を通せば、こんなふうに考えるのもおかしくはなかろう。子規にはじまる近代俳句も、考えなおすところが多いのではあるまいか。

山頭火の日記の断片に、次のような記述がある。

「古 池 や 蛙 と び こ む 水 の 音
蛙とびこむ水の音
水の音
音

芭蕉翁は聴覚型の詩人、音の世界」

書かれてあるのはこの記述だけ。けれど芭蕉の真髄に迫る見事な評とも言える。昭和七年十二月二十四日の日記には「△私は聴覚的性能の持主――耳の人、或は声の詩人とでもいはうか――であるが、聞き分けるよりも聴き入る方だ。」と書いている。

閑かさや岩にしみ入る蟬の声　芭蕉

苔むして重なりあう岩に、しみとおっていく蟬の声。山形の立石寺での名吟である。『おくのほそ道』では「ことに清閑の地なり。……佳景寂寞《じゃくみゃく》として心澄みゆくのみおぼゆ」と書く。澄んだ心境の中に、蟬の声だけが聞こえるという音の風景である。芭蕉にあっては視覚だけでなく、聴覚の風景を得意とした。これを山頭火が注目しているのに、改めて見直しておきたい。

音を風景とした俳句というのに、私はかねがね興味を持っている。そのせいもあるが、外山滋比古著『俳句的』（一九九八年九月、みすず書房）の中の「切れ」というエッセイから、示唆を受けるところが多かった。そう長い文章ではないから、その一部を引用することから糸口を見つけてみたい。

「ものの見方、したがって表現の論理の違いは、われわれとヨーロッパ人との感覚の違いによるものではないかと思われる。西欧には古くから絵画の遠近法が発達している。ものの見方は当然そのパースペクティヴからつよい影響を受ける。遠近法はご存知の通り、一点においてすべての光景を収斂させる。一枚の絵で二つも三つもの焦点があることは許されない。透視図は幾何学の法則に従っているから胸のすくような整合性を示す。ヨーロッパの論理の基盤のひとつがそこにあることは疑うことができない。

われわれの国では、そういう遠近法が発達しなかった。外国から移入してからも感覚に根をおろすまでには至っていない。借り物のままである。すくなくとも遠近法を日常の思考と結びつけていることは例外的であろう。日本語には遠近法の表現に適しないところがあるのかもしれない。一点に立ってすべてを収約するのを退屈で、うっとうしいものに感じる。もっと自由な視点の移動をしなくてはおさまらない言葉である。そういう言語を使っているというのは、そういう感覚の持ち主だということである。」

明治以後の日本がいかに西欧からの影響を受けているかは、改めて言うまでもなかろう。西欧文明をやみくもに取り入れることで、近代化を果たしたのが日本である。芸術も例外ではない。けれど精神の根幹をなす日本語はそのままに、西欧流倫理を受容したところに無理があった。

和魂洋才と掛け声をかけた時代もあった。木に竹を接ぐようなもの、と批判の声もなくはなかった。ここで新たに言語の問題から違和感を指摘する意見は傾聴すべきである。引き続き引用させてもらいたい。

「遠近法に代るその感覚の作用にはいい名前がない。かりに聴覚的遠近法と呼ぶことにする。遠近法は視覚の論理であるが、日本語、日本人のもっている論理は、多元的、流動的であるところが聴覚に通じるからである。

絵画的遠近法では、一点から見えるところは表面だけである。壁が見えれば、その向こうは見えない。表現は実に多くのものを見えなくし、かくすことになる。一が見えれば他は見えない。それを覚悟するのが、いわゆる論理であって、水ももらさぬ手堅さはありながら、どこか非感覚的なところが感じられるのは是非もない。

聴覚的遠近法では、視線をさえぎるものがあっても、その背後にあるものをとらえることはできる。壁の向こうに人語がすれば聞こえてくる。おもしろそうなら回って行けばいい。視線は一方向で、よほどのヤブニラミでも同時に多方向をニラムことは難しい。ところが耳は門戸をたえず開放していて、ほぼ周囲の全方向にアンテナを向けている。どちらの方角からの音でもとらえられる。いくつかの音がいっしょに入ってくることもある。ときとして、ひとつの音や声に夢中になっていて、ほかの物音が耳に入らないということもないではないが、たいていは複元的理解をしている。」

外山氏は西欧流の絵画的遠近法に注目し、日本語の特色は視覚ではなく聴覚の方がより敏感に反応する遠近法の言語だという。すなわち聴覚的遠近法は切れ目がなくて連続性が強い。視覚的なものなら見える部分と見えない部分とで明確に「切れ」があるが、聴覚的なものにはそれがない。ためにめりはりをつける必要があって、表現上の「切れ」の効用として短詩型の文学が発達したというのだ。

ここで俳句における「切れ」の問題まで触れる余裕はない。聴覚的遠近法という言葉に刺激を受けて、私は音の風景に興味を持っている。山頭火は芭蕉のことを聴覚型の詩人と名づけた。そういう山頭火も同類で、音に敏感な句を多く作っている。思い出すままに書き出してみよう。

この旅、果もない旅のつくつくぼうし
こほろぎに鳴かれてばかり
雨だれの音も年とつた
鉄鉢の中へも霰
笠へぽつとり椿だつた
水音しんじつおちつきました
音は朝から木の実をたべに来た鳥か
かさりこそり音させて鳴かぬ虫が来た

ひとりきいてゐてきつつき
　水音のたえずして御仏とあり

山頭火における音の風景については、なお書くことは多い。ここでは草庵において観じた音についての断簡を、昭和八年二月十六日から書き出しておく。
「私は、すべての音響を声と観じるやうになつた、音が心にとけいるとき、心が音をとかすとき、それは音でなくして声である。その新らしい声を聴き洩らすな。」

　おとはしぐれか

ほんとうの俳句

本地の風光

昭和四十一年、日本にも一度来たことのあるフランスの批評家ロラン・バルトが聴覚から視覚への歴史変遷について書いている。かいつまんで言えば、中世という時代には人間の聴覚が尊重され、近代になると視覚が重んじられるようになったという。

近代合理主義がもたらした物質文明は、聴覚的より視覚的なものであった。科学は実証を大切にするから、眼によって確かめられないものは軽んじられる傾向にある。時代の趨勢で胡散臭く見られるようになったのが、精神性を重んじる宗教ではなかったか。それも堅固な団体組織の宗教から外れた行乞者となれば、時代錯誤の生き方と見なされ蔑まれた。

山頭火はいかにも生きにくい世を生きたことになる。行乞放浪についてはしばしば書いた。一所不住でずっと歩きっぱなしというわけにはいかず、しばしの休息場所として草庵を求めたのが昭和七年秋である。そして初めて迎えた昭和八年の正月の、山頭火の心境はどうだったか。彼が個人雑誌として出した「三八九」第五集（昭和八年一月二十日発行）の扉の言葉には次のように書く。

「昭和八年一月一日、私はゆうぜんとしてひとり（いつもひとりだが）ここかうしてかしこまつてゐた。

昨年は筑前の或る炭坑町で新年を迎へた。一昨年は熊本で、五年は久留米で、四年は広島で、三年は徳島で、二年は内海で、元年は味取で、――

一切は流転する。流転するから永遠である、ともいへる。流れるものは流れるがゆえに常に新らしい。生々死々、去々来々、そのなかから、或はそのなかへ、仏が示現したまふのである。」

いわゆる年頭所感の一節である。「三八九」という雑誌は一切の編集から印刷、発送まで山頭火ひとりでやった。まったくの個人誌であった。せいぜい百五十部ほどの発行で、彼を後援する人々が講読者であった。だから特異な生き方を批判する人はいなかったはずだ。としても引用文中の末尾にある「仏が示現したまふ」の表現を、字義どおりに納得できる人が何人いただろうか。

山頭火にとって草庵とは、仏と共にいる生活だった。これは近代社会から遠ざけられた世界で、いわば中世的なものへ遡行していったというべきだろう。それは彼の望郷の念と重なっており、草庵を結んで間もない昭和七年十二月には「故郷」と題した随筆の中で、次のように書いている。

「近代人は故郷を失ひつつある。故郷を持たない人間がふえてゆく。彼等の故郷は機械の間かも知れない。或はテーブルの上かも知れない。或はまた、闘争そのもの、享楽そのものかも知れない。しかしながら、身の故郷はいかにともあれ、私たちは心の故郷を離れてはならないと思ふ。

　自性を徹見して本地の風光に帰入する、この境地を禅門では『帰家穏座』と形容する。ここまで到達しなければ、ほんとうの故郷、ほんとうの人間、ほんとうの自分は見出せない。

　自分自身にたちかへる、ここから新らしい第一歩を踏み出さなければならない。そして歩み続けなければならない。」

　ここに明らかなのは、山頭火が近代を対立軸と考えていることである。そして近代人は故郷喪失者が多い、と断じていることだ。機械の間に、テーブルの上に心安らぐ故郷があるはずがない。けれど近代化の掛け声で追い求めたものは、自然破壊の物質文明であった。これによって生活は便利で快適になった面も多い。同時に失ったものも少なくなく、山頭火は郷愁をこめて中世的なものを志向したといえよう。

　改めていえば、視覚偏重の近代社会において聴覚的なものの復権をはかろうとした。何のためかといえば、聴覚を通して内部の心を豊かにしようとしたからだ。見える世界は一面的だが、聞こえる世界は多面的である。眼だけに頼ったのでは、とうてい仏の示現を察することは出来ない。示現とは仏・菩薩が衆生救済のために、種々に姿を変えてこの世に現われるという意味だ。問題なのはその現われ方である。山頭火が音に対してどう感覚を働かせたか、これも「三八九」第五集に所収の一文「楢の葉」から引用してみよう。

「楢の葉はおどろきやすい。すこしの風にも音を立てる。枯れても、おほかたは梢からはなれない。その葉と葉とが昼も夜もささやいてゐる。

夜おそく戻つてくると、頭上でかさかさと挨拶するのは楢の葉である。

訪ねてくる人もなく、訪ねてゆく所もなく、そこらをぶらついてゐると、ひらひらと枯葉が一枚二枚、それも楢の葉である。

楢の葉よ、いつまでも野性の純真を失ふな。骨ぶといのがお前の持前だ。

　楢の葉の枯れて落ちない声を聴け」

近代においては人間とそうでないものとを画然と区別してきた。すべてを対象化し、切り刻み、正確に観察することを第一としてきたと思う。対して日本の古い伝統では、いわば曖昧なのが美徳と容認されるところもあったようだ。仏教においては「草木国土悉皆《しっかい》成仏」という語があって、草や木、国土など心を持たないものも、心を持った人間同様に仏性があって成仏する、と説いてきた。これは日本人に広く受け入れられた心情で、自然と一体感をより深くしていった。けれど、それもある時期までで、いわば急激な近代化後の日本人には忘れられた心情であるともいえよう。

山頭火はいわば郷愁の人である。失われた日本人の心情をいつまでも懐かしみ、心の故郷を求め続けた。それについては先に「故郷」と題した随筆の一節を引用で示したとおりだ。彼は「自性を徹見して本地の風光に帰入」しようと努力した。本地垂迹などという言葉があるが、本地は真実の身、垂迹は仮の身。本地の風光に帰入するためには、ただ視覚にだけ頼ったのでは覚束ない。そこで聴覚的なものの復権を望んだが、それは取りも直さず近代から中世的なものへと時代を遡行することであった。

生きかたに順逆があるなら、山頭火は逆を選んだ人生であった。けれど逆が真となる場合は多い。俳句において聴覚の復権を目指した彼本人に、はたして復権があったかどうか。

月かげのまんなかをもどる

椿ぽつとり

神の梅北条九代のつぎ木かな　　西鶴

梅白し白きは神のこころかな　盧元坊

早春の厳しい寒さの中で、百花にさきがけて咲く梅は清純高雅な気品を湛えている。その白さは神の心をそのまま示すものだ、というのは盧元坊の俳句。菅原道真は九州の大宰府へ流されるが、そのおり庭の梅に向けて詠んだ惜別の歌は有名である。

東風《こち》吹かばにほひおこせよ梅の花主《あるじ》なしとて春を忘るな　道真

この歌に感じて、梅は配所の大宰府まで飛んで生えたという飛梅伝説を生む。その後、梅は天満宮や天神様のシンボルになってゆく。

梅の花の白さは、近寄りがたい気高さがある。近代になっては中村草田男が新約聖書を援用し、「勇気こそ地の塩なれや梅真白」と詠んだ。山頭火は梅をどう思っていたか。

梅と椿とさうして水が流れてゐる　山頭火
梅はなごりの、椿さきつゞき
住みなれて藪椿いつまでも咲き

花の咲く時期が梅と椿は重なり、椿の方は花どきが長い。好みとしては梅より椿の方で、山頭火には梅の句でいいものがない。彼は昭和十二年二月二十日の日記に次のように書く。

椿赤く酔へばますます赤し

（梅の白さよりも椿赤いのが今の私にはほんたうだ）

神のこころにもたとえられる梅の花の白さを、苦手としていた時期が長い。これに対して椿、ことに藪椿には親密感をいだいていた。あるときは水仙と藪椿を比較して「貴族的―平民的、洗練味―野趣、つめたさ―あたたかさ、青白い美人―肥つたお侠《きゃん》、等々」と書く。また藪椿のことを次のようにも記す。

「藪椿はまことに好きな花木だ、

それに昔風の田舎娘を感じる、

彼女は樸実だが野卑ではない。」（昭和十二年二月三日）

山頭火は椿の句を多く作っている。六年間あまり住んだ其中庵のあたりには藪椿が多かった。昭和八年二月発行の個人誌「三八九」に掲載の随筆では「ここ矢足《やあし》は椿の里とよばずにはゐられないほど藪椿が多い」（前のF家の生垣はすべて椿である）。ぶらぶら歩いてゐると、ぽとりぽとり、いつ咲いたのか、頭上ゆたかに、素朴な情熱の花がかがやいてゐる」と書いている。

興味があるのは引用文中の「ぽとりぽとり」の表現である。普通に解すれば、軽い物やしずくが続いて落ちるさまを表わす語だ。引用文に続けて、山頭火は次の句を掲げている。

水音の藪椿もう落ちてゐる

山頭火のいう「ぽとりぽとり」は水音なのか、椿の落ちる音なのか。

ひらくよりしづくする椿まつかな　　山頭火
藪椿ひらいてはおちる水の音
椿おちてはういてたゞよふ
椿のおちる水のながれる

水辺に咲いた椿を詠んだ句か。いずれにしても、山頭火による椿の句は音を伴っている。もう少々山頭火の句をここに示してみよう。

椿またぽとりと地べたをいろどつた　　山頭火
椿ぽとり豆腐やの笛がちかづく
ぬくうてあるけば椿ぽたぽた

彼にとって椿のイメージは、いつも落下の音である。これは一つの特色で、そこに山頭火らしさがあるのではないか。

椿の句でよく知られているのは河東碧梧桐の「赤い椿白い椿と落ちにけり」という一句。明治二十九年の作で、子規は「之《これ》を小幅の油絵に写しなば只々地上に落ちたる白花の一団と赤花の一団とを並べ画ければ足れり」と高く評価した。素材を視覚的に俳句の表現に移すことを主眼とした写生論を推進する子規にとっては、うれしい作品であったはず。当の碧梧桐としては落下する一瞬の椿に花の生命を見て、さらなる俳句の可能性をさぐる句であったかもしれない。このことをここで詳しくは触れない。

いずれにしても子規が革新した近代俳句の地平は主に視覚に頼るものである。他の聴覚や触覚を締め出すことで、印象明瞭な絵画的世界へと接近していった。

ゆらぎ見ゆ百の椿が三百に　高浜虚子
はなびらの肉やはらかに落ち椿　飯田蛇笏
岩すべる水にうつぶす椿かな　高野素十

いずれも子規提唱の俳句写生説を俳句で実践した作品である。これが俳句の大道であり、他を認めない人々にとっては「ぽとり」「ぽたぽた」など擬音の入り混じる句はいかにも稚拙に映ったに違いない。

視覚というのは一面的で、目に入る範囲しか見えない。視野が広いとか狭いとかで人間を価値判断する場合もあるが、俳句は視野が狭いほうがいいのかもしれない。それに西洋流の遠近法を持ちこめば、ますます窮屈になる。そういう苛酷な条件の中で彫琢するのを最上とした。

山頭火の作句法は明らかに異なる。もちろん視覚を軽んじてはいない。それ以上に意識したのは聴覚であったかもしれない。先にも引用したことがあるが、昭和八年二月十六日の日記には、思いつくままの断章として次のように書いている。

「△そのものになりきる、——これこれ、これだ。」

「△私は、すべての音響を声と観じるやうになつた、音が心にとけいるとき、心が音をとかすとき、それは音でなくして声である、その新らしい声を聴き洩らすな。」

音がそのまま声となるという感覚は、すぐさま納得いかないと思う。けれど音を聞くと色が見えたり、味に色が伴っていると思える時がある。一つの感覚受容器に刺激が与えられたとき、他の感覚も影響を受けて反応することもありうるはずだ。これを専門用語で共感覚というが、山頭火の俳句はその共感覚を擬音語、擬態語として効果的に表現している。山頭火のよく知られた椿の句を、もう一句掲げてそのことを考えてみよう。

笠へぽつとり椿だつた

笠は竹の経木を網代に組んだ半球形のものである。行乞僧には必携で、その風姿を示す象徴の一つでもあろう。その笠の上に椿がぽっとり音をたてて落ちたのだ。視覚ではなく聴覚の句である。「ぽっとり」は「ぽつり」の変化形としての新造語。語音と意味とを直接的に結びつけて、理性よりも感情に訴え、迫真効果をあげている。

はたして山頭火にとって「ぽっとり」の音は何を意味したのか。それを早急には答えられないが、椿の落ちる「ぽっとり」の音に死の想念がよぎったのではあるまいか。

ゆたかに流るる春の水

春の水山なき国を流れけり　　　蕪村
水ぬるむ頃や女の渡し守

山といえば川というように、山と川とは対立するものとして捉えられることが多い。すぐに「お爺さんは山へ柴刈りに、お婆さんは川に洗濯に」ではじまる昔話を思い出す。もう少々概念を広げれば、日本神話の海幸山幸だって同類であろう。背景にある対立概念を意識して、蕪村はわざわざ〈山なき国を〉と表現したのだろうか。

意識するせざるにかかわらず、蕪村は平地における春の水を詠むのが得意だった。それは日常生活のかかわりだけでなく、ひととなりを反映する特色といえるかもしれない。

春水や四条五条の橋の下　蕪村

四条五条は京の街の中心である。人通りで賑わう橋の上から、豊かに流れる鴨川の水を眺めて詠んだものだ。また冒頭に掲げた第二句目の渡し守が女というのは艶である。彩りによって、ぱっと句を明るくする。

山頭火は山と川とをどう考えていたのだろうか。日記の中には、芭蕉の言葉をそのまま「山はしづかにして性をやしなひ、水はうごいて情をなぐさむ」(昭和八年三月十九日)と引き写している。『論語』の「知者は水を楽しみ、仁者は山を楽しむ」という言葉を踏まえているのだろう。山頭火も山を静、水を動と認識していたことは確かなことだ。

山と水とを宇宙の二大原理とする観念は、日本だけでなく東南アジアやインドにも共通する傾向である。中国の古典的絵画では陽と陰の関係で不変性の山、非恒常性の水として描く。インドには山と川の争いの神話があり、ベトナムには山と海の争いの神話があるという。この対立は時に男と女を分け隔てることに結びつき、社会問題へとも発展してゆく。

山と水とは対立するものであっても、密接な関係にある。これを普遍化して考えるのはおもしろいが、そこまでの余裕はない。ある時期までの山頭火は、いわば静かに性をやしなうため山を好んだ。そして晩年には、情をなぐさめてくれるかの流れる水を好んでいる。そのあたりを山頭火の境涯の中で対立するものとして、少々考えてみるのもおもしろいと思う。彼は「水」と題する随筆で次のように書いている。

「　へうへうとして水を味ふ

こんな時代は身心共に過ぎてしまつた。その時代にはまだ水を観念的に取扱うてゐたから、そして水を味ふよりも自分に溺れてゐたから。

　腹いつぱい水を飲んで来てから寝る

放浪のさびしいあきらめである。それは水のやうな流転であつた。

　岩かげまさしく水が湧いてゐる

そこにはまさしく水が湧いてゐた。その水のうまさありがたさは何物にも代へがたいものであつた。私は水の如く湧き、水の如く流れ、水の如く詠ひたい。」

この文を書いたのは昭和六年三月で、山頭火の個人誌「三八九」の扉の言葉として掲載したものだ。この時期すでに省みて、水に対する考えの甘かったことを自ら指摘しているのは注目してよかろう。けれど彼の境遇に大変化があり、精神的に飛躍があったかといえば否である。

結果的には退歩の時期の文章でなかったか。

山頭火は大正十五年四月より、一所不住の放浪者であった。そのおよそ六年間は、まさに捨身懸命のひたむきさで生きた時期だ。ために疲れて山のしづけさに浸ろうとした。

しぐるるやしぐるる山へ歩み入る
すべってころんで山がひつそり
あるひは乞ふことをやめ山を観てゐる

山頭火は昭和五年九月二十日の行乞記に「西洋人は山を征服しようとするが、東洋人は山を観照する、我々にとつて山は科学の対象でなくて芸術品である、若い人は若い力で山を踏破せよ、私はぢつと山を味ふのである」と書いている。山は悩みを癒してくれるものだ。明らかにそう自覚しているが、そんな山から遠ざかって安易に市井の生活を求めたのが昭和六年。水に関する引用の文章はそのころのもので、いわばかりそめの考え方であったというべきだろう。

昭和六年、熊本に落ちつくべく努めたけれど、どうしても落ちつけなかつた。またもや旅から旅へ旅しつづけるばかりである。

自嘲

うしろすがたのしぐれてゆくか

山頭火の山に癒される放浪は、なおしばらく続くわけだ。その間、水も役割としては同様で、まだまだ「水はうごいて情をなぐさむ」ものになっていなかったと思う。

ここで改めて、性と情の意味を質しておきたい。性情など熟語の用法もあるが、国語辞典による意は性質と心情。性といえば現在ではセックスという意味ばかり、本来は生まれつきの持ち前、人や物事の本質をいう。山頭火は自らも精神衰弱といっているが、そんなとき衰弱しきった神経を癒してくれるものに山があった。

情というのは物事に感じて起こる心の動きである。水の流れに彼がどう心を動かしたか。「へうへうとして水を味ふ」の水は、まだまだ観念的なものだったと退けている。そして自信作として挙げたのが「岩かげまさしく水が湧いてゐる」の一句。同時期の作も自選句集『草木塔』から抜き出してみよう。

枯山飲むほどの水はありて　山頭火

こんなにうまい水があふれてゐる

ここに詠まれた水も、心を癒すための水で、まだまだ情をなぐさめる水にはなっていない。ならば情をなぐさめる水を詠んだ句とはどんなものか。こうした問いに応じるのは難しいが、捨身懸命の旅においてなかなか生まれにくかった句といえよう。

ここで私は季語にもある春の水に注目したい。本意は満々としたその水量にあり、「春水四《し》沢《たく》に満つ」の言葉もある。春になり雪解けの水も量を増して、豊かに流れてゆく。これを見て心なぐさめるのは当たり前だが、そう感じられるには心の余裕も必要であった。それが死にものぐるいの放浪流転期には持てなくて、望めるのは草庵を得て落ち着いた以後である。それも昭和十三年三月十七日になっての晩年期、九州大分の宇佐神社を参拝した後に成ったのが次の一句だ。

たたへて春の水としあふれる

本意をふまえた、いわゆる「情をなぐさむ」句ではなかろうか。これは至り得た新境地であり、山頭火にとって一つの新しい俳句であったと思う。この類の句を考察することは、山頭火

の俳句的人生の変遷をたどるうえで重要であろう。そして最晩年に得た春の水の一句は、

春の水ゆたかにながるるものを拾ふ

山頭火は昭和十五年三月七日、終焉地の松山での日記に「水の流れるやうに生きたい」と書いている。

鴉と雀

山頭火の一番大切で親しい友人といえば、先ず木村緑平だろう。句集も共著で二冊出している。

一冊目は昭和十二年八月五日発行の『柿の葉』で、折り本仕立ての片面が山頭火、いま一つの面が緑平。二冊目は昭和十五年七月二十五日発行の、これも同様な折り本仕立てである。背中合わせに刷られた山頭火第七句集は『鴉』という題名で、緑平句集は『雀』であった。

木村緑平は「雀の緑平さん」の愛称で親しまれた俳人である。彼の雀好きは、大正七年から大正十五年までの句作を収録した題にも『雀のゐる窓』（昭和八年七月三十日発行）と名付け

ているこ とでも窺えよう。この句集を編集した近藤益雄は、序文の中で、緑平の人となりを次のように書いている。

「雀のゐる窓に倚り添うてゐる緑平さんの顔には、或る一抹の寂寥が泛んでゐる。だがらこそ俳句を作り、雀を愛してゐるのだ。

見ばえのしない、まるで貧乏人の子供達のやうな雀共の姿の観照に、二十年近い年月を打ち込んで来た人である。

緑平さんと言ふ人は、きっと雀の性にちがいない。茶色の羽織を着て、いつも寂しさうに、地面をちよこちよこ歩きながら、何か探してくるあの雀の生まれ変りかも知れない。」

緑平は明治二十一年十月二十二日、福岡県三潴《みずま》郡浜武村の生まれ。現在の柳川市である。山頭火より六つ年下であるが、大正初年「層雲」に投句をはじめ、荻原井泉水に師事したのは山頭火とほぼ同じ時期であった。長崎医専を出て医者になり、主に炭坑医として福岡県の病院に勤務。山頭火は大正五年から熊本に住みはじめているから縁も出来て、親交が深まってゆく。もちろん雀好きな緑平の性格もよく知っている。

　雀等にたよらるる住居として芽ぶく木　　緑平
　世と合はず行春の雀に米まく

雀うまれてゐる花の下を掃く

子供がほしくて春の雀のすること見てゐる

子のおらぬことが雨の雀の子がなく

緑平は雀の句をどれほど作ったのだろう。数えたことはないが、三千句以上あるという。そんな緑平と親密に付き合った山頭火が、雀をどう思っていたかに興味がある。

その前に、俳句において雀がどう詠まれてきたかを少々書いてみたい。季語としては孕《はら》み雀、雀の巣、雀の子などがある。いずれも春だ。雀はもちろん春に限らず、いつでも見近に見られる鳥である。本来は樹上に営巣する鳥であったが、長い年月の間に人間とかかわり合って、巣づくりも人家の構造物に移動してしまった。廃村となり人がいなくなれば、また雀もそこから去ってしまう。犬や猫ほどではないが、人間に馴れ親しんだ鳥である。可愛いのは子雀で、親鳥に餌をねだってチリッ、チリッと鳴く。

雀の子を詠んでよく知られているのは一茶だろう。二、三句掲出してみよう。

雀の子そこのけそこのけ御馬が通る　一茶

我と来て遊べや親のない雀

句の解釈には諸説あるが、弱小者に対する同情が見られる句である。第二句目に「親のない子はどこでも知れる、爪をくはへて門《かど》に立つと、子どもらに唄はる子も心細く、大かたの人交はりもせずして、裏の畠に木萱《きかや》など積みたる片陰に蹲《うずくま》りて、長の日を暮らしぬ。我が身ながらも哀れなりけり」と添え文を付けている。

山頭火も境遇は親のない子で、一茶と似ていた。そのへんからも、雀をどう見ていたかに興味がある。けれど、期待するほど関心を寄せていないのが山頭火の態度だ。

昭和七年四月三十日に、山頭火は緑平居を訪問。ちょうど緑平も出張から帰ってきたところで二泊している。このときは緑平居の雀にも挨拶のつもりで、次の二句がある。

お留守に来て雀のおしゃべり　　山頭火
雀よ雀よ御主人のおかへりだ

山頭火の一所不住の生活と軒端雀との縁は薄かった。流転放浪からようやく草庵を結べたのは昭和七年九月。明けて八年の春には、少々雀の句も作っている。四月十四日の日記には次のように書く。

「くもり、しづかにふりだした。
身辺整理、まづ書くべき手紙を書いてだす、それから、それから。

雀が、めつたにおとづれもしない雀が二三羽きてくれた。

昨夜の夜明け方にはたしかにホトトギスの初声もきいた。

樹明来、もう夜が明ける一升罎《ママ》を持つて!

　したしや雀がやつてきてないてゐる雨」

ささやかながら一所に落ち着けた生活を喜んでいる。か弱いものへ憐憫の情を寄せるなどといった余裕のある態度ではない。そこは一茶と明らかに異なる。

　雀したしや若葉のひかりも　　　山頭火
　若葉はれ〴〵と雀の親子

昭和八年六月十八日の日記に、旧作再録と記して書き出した句の中に、次の一句がある。

　すずめおどるやたんぽぽちるや

これは「層雲」にも発表し、後の自選句集に収録の自信作であった。あるいは雀の句はこの一句だけにして、あとは緑平に任せ、山頭火は山頭火らしい句を作ろうとした。その象徴ともいうべきは山頭火句集『鴉』、緑平句集『雀』という背中合せの一本だろうか。

啼いて鴉の、飛んで鴉の、おちつくところがない　山頭火

九月、四国巡礼の旅へ

鴉とんでゆく水をわたらう　山頭火

雀眼の縁がかゆくてゐるくもり　緑平

雀足をつめたがる朝の松の木の青い葉

緑平は医者という職業のせいもあったが、ほとんど遠出はしない一所定住の生活だった。そのために庭に来る雀をよく見、こよなく愛し、多くの句を作っている。山頭火は一所不住を本領とする旅鴉だ。ずいぶん性向は異なるが、そのために競合するところはなかった。いわば管鮑の交わりで、互いの良さを照らし出している。

山頭火は随筆の中で「季節のうつりかはりに敏感なのは、植物では草、動物では虫、人間では独り者、旅人、貧乏人である（この点も、私は草や虫みたいな存在だ！）」（『愚を守る』初版本）と書く。所詮、軒端雀を詠める俳人ではなかったというべきか。

東京よさようなら

山頭火は案外スタイリストでなかったか。単純にこう書けば疑義は残るが、遺された写真などを見ての感想として、なかなかポーズも決まっている。私は山頭火アルバムに類する本を責任編集で三冊ほど出しているが、当初予想したより写真類が多く遺っていて、彼は写真嫌いでなかったようだ。

昭和十一年四月二十六日には、東京築地で「層雲」の創刊十五周年記念中央大会が開催されている。そのとき撮影の集合写真には、五十余人の同人たちを従えるかに中央に座す。墨染の僧形で一人だけぺったり地べたに陣取る山頭火には、存在感がみなぎっている。

もっとも本人はそのつもりでも、そのとおりにいかないのが世間である。山頭火は「層雲」大会の会場である伊吹では、物貰いと間違えられ一度は玄関番に追い払われた。そんなエピソードはあるが悪びれた様子はない。

山頭火は行乞僧で、日々の糧は托鉢によって賄っていた。そんな日々も長かったが、その晩年は俳人として名が知られている。全国各地の「層雲」同人に迎えられ供応を受けることも多かった。そのためには身なりも重要である。本人にも自覚はあって、ある時期からあごひげをはやしたりして、俳僧らしい風貌を整えてゆく。

ほっと月がある東京に来てゐる　　山頭火

久しぶりの東京であった。「層雲」大会のために上京したのは四月五日。それから十日間ほど滞在し、途中で十日間ほど伊豆で遊んで、再び東京に滞在する。掲出句は四月五日の作だろうか。月は満月の前夜で十四日の月である。旅日記には快晴と記しているから、月も美しかったに違いない。

「品川へ着いてまずそこの水を飲んだ、東京の水である、電車に乗つた、東京の空である、十三年ぶりに東京へ来たのだ。

大泉園を初めて訪ねる、鎌倉の椿が咲いてゐる、井師にお目にかゝる、北朗君も来てゐる。句会、二十名ばかり集まつた、殆んどみな初対面の方々だ。

夜は層雲社に泊めて貰ふ、犬に吠えられた、歓迎してくれたのかも知れない。

武二君、五味君、北朗君と夜の更けるのも忘れて話しつゞけた。」

旅日記には十三年ぶりの東京と書く。逆算すれば、大正十二年九月の関東大震災で羅災して東京を去って以来のことだ。当時は東京市事務員として一ツ橋図書館に勤めていた時期もあるが、私生活には破綻をきたしていた。それだけ月は心をなぐさめてくれるものだったらしく、

大正九年には、

電車終点ほつかりとした月ありし

大正十一年には次のようにも詠んでいる。

月澄むほどにわれわれとわが影踏みしめる

山頭火は昭和三年秋に上京するつもりであった。師の井泉水には昭和三年七月二十八日のハガキで、「今年中には御地まで参れませう」と書き、同日付の木村緑平宛のハガキでは「これから西国巡拝であります」と書く。山頭火は四国における遍路行をすませた直後だったから、次は西国巡拝を目指していた。いわゆる二大霊地の巡礼を打ち終えてから、上京するつもりであったようだ。けれど予定変更をせざるを得なかったのは御大礼のためである。

御大礼というのは昭和天皇の即位大礼のことである。昭和三年十一月十日に京都御所で挙行されたが、数カ月前から警備の取締りは厳重をきわめたらしい。西国巡礼の札所の寺は清水寺をはじめ京都市内や近郊にも多い。巡礼といっても、山頭火のような身なりでは、いわゆるお咎めなしではすまされない。そのため西国巡礼を中止し、東京へも行くことが出来なくなったのだ。

あれこれ当てが外れ、ぐずぐずしているうちに十三年が経ってしまった。その間も波瀾万丈で、安寧な日々というのは少なかったはずである。けれど、その時々の気分の切り替えには慣れたもの。禅の修行もそのことをモットーとするが、彼は大酒を飲んでの身心脱落もあって生臭坊主と非難されたことも多い。上京しての第一句は掲出のとおりで、〈ほつと月がある〉には気分一新の切り替えが反映されている。

東京はよく知るところ。大学は早稲田だし、東京市に勤めていた。知り合いも多くいて、滞在中はあちこち飲み歩いている。そしていよいよ東京を離れるのが、五月四日。その夜は満月の前夜、十四日の月というものを意識してのことだろうか。旅日記には日本晴とあるから月は見られたはずだが、なぜか月の句はない。

花が葉になる東京よさようなら

まさに惜別の歌である。歌謡曲にも〈東京よさようなら〉の文句があったかと思う。普通の俳句でこうは詠まない。それが山頭火の通俗であり、臆面のないとこは俗を脱している。

彼は東京滞在中、浅草によく出かけている。旅日記から記述の部分を抜き出してみよう。

「浅草風景（新浅草観賞）。

定食八銭は安い、デンキブランはうまい、喜劇は面白い。

あてもなくぶら〳〵あるく。」（四月七日）
「やたらに歩いた、――浅草から上野へ、それから九段へ、それから丸の内へ。」（四月八日）
「東京ビルに茂森君往訪、なつかしかつた、連れられて自働車で新宿へ出て、或るおでんやで飲む、そしてまた十二社へ、酒と女とがあつた。
私は自働車で浅草へ、そこで倒れてしまつた。」（四月十日）
「柴又にまわつて川甚でも飲む。
私はまた浅草へ。」（四月十一日）
「おめでたいおのぼりさんとして。
山谷の安宿に泊る、泊るだけは二十五銭。」（四月十二日）
「句会から宴会、十時すぎて、私は一人街へ出た、酔ふた元気で、銀座のカフヱーに飛び込んだりしたが、けつきよく、こんな服装では浅草のあたりの安宿に転げ込むより外なかつた。」（四月二十六日）
「法衣も網代笠も投げ捨てゝ、浅草で遊んだ、遊べるだけ遊んだ。
浅草は好きだ、愉快な遊楽場である。私のやうな人間にはとりわけて。」（四月二十七日、二十八日）
「今日も浅草彷徨。」（四月二十九日）

「おなじく。

労れて憂欝になる、金もなくなつたのだが。」（四月三十日）

これが山頭火ににとっての浅草である。そして東京であった。当時よくうたわれていた流行歌は東京節。むしろパイノパイ節として知られた歌詞の第二番目は「東京で繁華な浅草は／雷門、仲見世、浅草寺／鳩ポッポ豆売るお婆さん／活動、十二階、花やしき／すし、おこし、牛、てんぷら／なんだとこん畜生でお巡りさん／スリに乞食にカッパライ／ラメチャンタラギッチョンチョデ／パイノパイノパイ／パリコトパナナデフライ／フライフライ」である。

あるいは山頭火もこの節に乗って浅草を浮かれ歩いたか。その果てになった句が、パイノパイノパイでなく〈東京よさようなら〉であったかもしれない。

東京を去った山頭火は、五月の信濃路を歩く。

あるけばかつこういそげばかつこう

筍に寄せる思い

山頭火の結んだ其中庵の裏山には、竹藪が生い茂っていた。所有者は別人だが、筍は所かまわず生えてくる。庵の周りも筍が生え、食用に観賞用にと楽しんだ様子だ。

日記を読むと「けさはじての筍によつこり」（昭和九年六月十二日）、「最初の筍を見つけて食べる」（昭和十年六月七日）、「裏藪で今年最初の筍を見つけた」（昭和十二年六月十日）、「筍がによき〳〵のぞきだした」（昭和十三年六月十一日）などと書いている。

筍がにょっこり、にょきにょき頭をのぞかすのは六月十日前後らしい。筍も様々あって、食用として多く市販されているのは孟宗竹。これは三月ころから出はじめて、四月五月が最盛期となる。淡竹《はちく》の子はやや遅れて出る細長い筍で、苦竹《まだけ》の子がもっとも遅い。其中庵の裏に生えてくるのは苦竹だった。

食用としての味をいえば、これも生えてくる順で孟宗竹、淡竹、苦竹と序列がつく。淡竹も苦竹も竹材用に栽培され、副産物として竹の子を食べた。地上三十センチほど伸び出したところを収穫し、米の糠水でゆでてあく抜きをする。山頭火にそんな余裕はなかったようで、日記にはこんなふうにも書く。

「今朝は一粒の米もないから、そして味噌は残つてゐたから、それだけ味噌汁にして吸ふ、実は裏から筍二本！」（昭和八年六月二十九日）

藪から鍋へ筍いつぽん

火急の生活を反映したこの一句も、切れ味はよい。苦竹は文字どおり苦味もあるが、それも風趣というものだろう。また食足れば風流へ、竹の子の育成にも心を砕く俳人だった。さらに日記を読むと、昭和九年六月二十五日はほほえましい記述。

「窓に近く筍二本、これは竹にしたいと思ふ、留守にTさんが来て抜かれては惜しいと思つて、紙札をつけておく、『この竹の子は竹にしたいと思います　山頭火』――」

ならんで竹の子竹になりつつ　山頭火

窓にしたしく竹の子竹になる明け暮れ

昭和十二年六月二十日の日記には、気色ばんだ書きぶりである。こんな記述はめずらしい。

「Zさんがやつて来て、窓の筍――若竹になりつゝあつたのを切り採つた、私の朝夕の楽しみを奪はれて、私は憤慨した、Zさん、自然人生に対してデリカシーを持つてゐない人間は軽蔑すべきかな。門外不出、終日無言。」

筍いっぽんに対しても、寄せる心の細やかさが分ろう。それは俳句に表現されて、生き生きと筍の句になっている。

帰庵

ひさびさもどれば筍によきによき　山頭火

はだかで筍ほきとぬく

ひよつこり筍ぽつきりぬかれた

おもしろいのは「によきによき」とか「ほき」「ひよつこり」「ぽつきり」などの措辞である。擬声語、擬態語といわれるもので、語音と意味の間に心理的な関係をもつ。これは山頭火だけに限らないが、個人の感性を表わすことばとして興味ぶかい。理性でなく感情に訴える面が強いから真迫的効果を上げる。

これと関連して音を聞くと色が見えたり、味が色を伴う感覚というのもあると思う。山頭火はそういった感覚に敏感な人で、それを俳句にも詠んでいる。先にも少々書いたが、専門用語に共感覚というのがある。その方面から山頭火の俳句を追究してみるのもおもしろいと思う。ある一つの感覚受容器に刺激が与えられたとき、他の種類の感覚が影響を受けて、その感覚に対応する刺激も与えられているように感じる現象である。たとえばある調子の音を聞くと、その音に結び付いて一定の色を感じることがある。それを色聴という。

とにかく山頭火は音に敏感な俳人だった。その点では芭蕉と同様で、「芭蕉翁は聴覚型の詩人」と規定しながらも自らも聴覚詩人の仲間に入れて語っている。

あれは竹の皮が落ちる夜の声　　山頭火

音を聴いて、あれこれ発想する句も多い。もう少々筍の句にこだわってみよう。

たかうなや雫《しづく》もよよの篠の露　　芭蕉

談林風のちょっと変わった芭蕉の句である。「たかうな」は「たかむら」の音便で筍のこと。おもしろいのは「よよ」の表現で、涎《よだれ》や水などの垂れ落ちるさまだ。これは視覚から生まれた言葉か、聴覚から生まれたものか。どちらとも確定できず、両者が結合して成った言葉だと思う。

こうした共感覚の言葉は、探れば多いのではないか。「よよ」の語は芭蕉の句が先鞭ではなく、『源氏物語』横笛巻の次のようなくだりがある。

「御歯の生ひ出づるに食ひ当てむと、たかうなを、つと握り持ちて、雫もよよと、食ひ濡らし給へば、いとねぢけたる色好みかなと、うきふしも忘れずながら呉竹のこは捨てがたきものにぞありける」

筍の雫をたらしながら食っているさまだ。これから発想を得て、芭蕉は「よよ」と使ったのだろうが、芭蕉句の意は相当に無理がある。すなわち、筍の節々を伝って長い間落ちつづけた露の雫が重なって、はじめて竹の子となって生え出たというのだ。竹の節をよというから、「よよ」は竹の節の意をかけた技巧の句でもった。

ついでに言えば、筍は成長があまりに速く、節と節との間にある髄組織の分裂増殖がついていけず、すきまができ、それが大きくなって内が空洞になるのだという。筍はスピード感を伴っており「よよ」にしても「によきによき」にしても、それにふさわしい感覚で表現されるようになったのではないか。

朝風の草の中からによこりと筍

裏の山か庵の周囲にまで、筍が生える時期の山頭火の心境はどうだったか。昭和九年六月二十三日の日記の末尾に加えた「断想」と題した一文では、次のように書く。

「△心清浄、身清浄、　身清浄、心清浄
△山のすがた、水のすがた、人間のすがた。

△すがた即こころ、こころ即すがた。
△そのすがたをうたふ、それがこゝろの詩である、私の俳句である。」
また昭和十二年六月九日の日記には次のような一節も。

「途上に句はいくらでも落ちてゐる、それを拾ひあげることが出来るのは俳句的姿勢だ。心いよ〳〵深うして表現ます〳〵直なり——この境地は句に徹しようと不断に精進するものでないと、よく解るまい。」

筍のすくすく伸びる成長を見て、思いのたけは俳論にまで及んだのだろうか。これ以上明解に書いたのは昭和九年六月二日の日記の一節である。

「簡素、禅的生活、俳句生活は此の二字に尽きる。純情と熱意とを失ふ勿《なか》れ。すなほに受ける、そしてすなほに現はす。」

山頭火にあって、すなおに現わす俳句の方法として直接感情に訴えようとすることが擬声語、擬態語の多用になったのかもしれない。それが時に共感覚の言語となったが、表現はいかにも単純で明解であった。

しづけさ、竹の子みんな竹になつた

空へ若竹のなやみなし

草庵暮らしの一日

現代の風物から本当に季節を感じることはめっきり少なくなった。今さら言挙げするまでもないことだろう。けれど俳句は季節感を根幹とする文芸だから、考えようでは死活の問題である。

高浜虚子は「俳句は季節を詠ずる文学なり」(「ホトトギス」大正二年六月号)といい、季題趣味を強調した。言い換えれば、季題として培われ蓄積されてきた美的情緒を重んじる態度であろう。その後、花鳥諷詠を唱えてからは季題趣味の語をあまり使わなくなるが、俳句における季節感の重視は変わらない。

虚子が重視した季題趣味は、時代の荒波も経て現代にまで生きている。というより、いよいよすそ野を広げて俳句ブームまで招来した。有季定型を遵守する俳句人口の増加である。これは皮肉にも自然破壊が極度に進み、風物すべてに季感を失いかけていく過程と連動していることだ。深く考えれば俳句ブームは危機の警鐘であったかもしれないが、覚めて鐘の音を聴いた俳人がどれだけいるか。

俳句史においては、季題趣味を安易なものと先ず批判したのが荻原井泉水。季題が制約となって自由な発想を妨げ、俳句を真の詩から遠ざけている、と季題無用論を展開してゆく。

山頭火は井泉水の提唱に共鳴し、季題無用の自由律俳句を推進した一人である。といって季節感を無視した俳人ではない。むしろ守旧の約束事に堕した季題趣味から解放され、すっ裸で自然の中に溶け込んで生きている。その意味では趣味などという観念でなく、季節をいかに実感するかに懸けた希有の人であった。

昭和十二年七月三日の其中庵の一日を日記に見てみよう。

「眼が覚めるとすぐ起きた、火を焚きつけたり掃除したりしてゐるうちに明けてきた。

読書三昧。

其角の作はうまいとは思ふけれど、芭蕉の句のやうに身にせまり心をうつものがない、私は其角を好かない、去来を好く。

——みんないつしよに——草も木も虫も鳥も——朝の歌をうたはう。——

まことに好季節、私は夏を礼讃する、夏は貧乏人でも暮らしよい、年寄でも凌ぎよい。

——どうせ野ざらしの私であらうことは覚悟してゐる、せめて野の鳥や獣のやうに死にたいものである。――

菜園に肥料を与へたり害虫を殺したりする、何とか考へさせられることが多い。

――私のやうな人間が、涼風に臥してのんびりしてゐることは、ほんたうに勿躰ない、省みて慎しまなければならない私である。――

自堕落に身を持ちくづした私で、さういふ私だつたから、規律の尊さが身にしみてきたのであらう。

午後はそゞろあるき、ポストを口実にしてM店まで出かけ一杯二杯、ほんにサケノミはいやしい。

凝心はよい、時に放心もよい。

夢いろ〳〵、夢は覚えてゐてもすぐ忘れてしまふからうれしい。」

長い一日である。その日記を丸ごと長々引用してしまったが、これが山頭火の日常であった。旅に生き旅に死んだ俳人というイメージとは程遠い。もちろん捨身懸命の日々ではあったが、人間それぱかりでは命がもたない。芭蕉の句に「草庵にしばらく居ては打破り」というのがある。むしろ草庵がなければ、本当の旅はなかったのではなかろうか。山頭火の草庵暮らしも旅と共に重要で、もっと貴重なのは何でもない日々の生活を淡々と書きつづっていることだ。

取り立ててめずらしい記述はない。山頭火の日記はどこから読んでも、こんな調子のものである。けれど自然観察が細かくて、昭和前期の自然風物を実感的に味わうために、私はこれ以上のテキストはないと考えている。

山頭火の日記は平明で、滞るところがない。私はその自筆日記をテキストに使う場合が多かった。万年筆で一気に書き流したもので、リズムのあるテンポと転換の速さは第一級の俳文となっている。解説するまでもなかろうが、山頭火のある夏の一日を追想してみよう。

其中庵は山裾の一軒家で、程よいくらいに民家から離れていた。電燈はあったが、それに頼った生活ではない。誰に聞いても早起きの人だったという。たとえば七月三日の日の出は五時十分ごろ。それまでにはとっくに起きて火を焚きつけたり掃除をしている。まったくの清潔好きで、草庵には塵ひとつなかった。

性格的にも几帳面で、たとえば罫線のないざら紙に書いた自筆日記でも、天の部分は定規で測ったようにそろっている。相当に神経質でもあったようだ。引用文中に「規律の尊さが身にしみてきた」とあるのはおもしろい。本性は決して自堕落な人ではなかったが、あまりの過敏さゆえに反対方向の人生を歩んだと言えるかもしれない。

日記の中で注目すべきは、彼の生活が自然に融合し一本化していることだ。「みんないつしように」の記述において、その「みんな」とは草も木も虫も鳥も同列に考えている。表現の単なるテクニックではない。もっとも仏教においては草木国土悉皆成仏を説き、草や木、国土など心を持たないものも人間など心を持ったものと同じように仏性があり成仏するとされてきた。山頭火もそんな考えで、草木や虫あるいは鳥とそう掛け離れた生活を望まなかった。けれど人間には業があって、午後になると飲みたくなる。それも口実を見つけて一杯飲みはじまると二杯、三杯で止まらない。それが山頭火であり、自身では最も嫌う山頭火であった。もう一日、昭和十二年七月二十日の日記も引用しておこう。

「土用入。

けさは朝寝だつた、起きて間もなく六時のサイレンが鳴つた。

新聞が来た、郵便が来た、さてそれから。——

熊蟬が鳴く、真夏の歌だ、油蟬も鳴きだした、それは残暑の声だらう。

胡瓜の花は好きな花だ。

夾竹桃はうつくしい、花も葉も、あまり好きではないが。

めづらしく裏山で蜩が鳴く、かな〳〵かな〳〵好きなうたである、かつこうが好きなやうに。

夕食を食べたところへ谷川君来庵、お土産として酒魚ありがたし。

酔はない私は酔へる彼を見送ることが出来た、彼を通して、私は私の片影を観た！

しばらく滞在してゐた鼠も愛想を尽かして去つたらしい。

晴れてよい月夜になつた。」

蟬もわたしも時がながれゆく風　山頭火

禁酒したいが——

蟬しぐれの、飲むな飲むなと熊蟬さけぶ

くづれる家のひそかにくづれるひぐらし

単純に徹する俳句

山頭火の日記を読むと、季節の移り変わりがよく分る。私はそのことに改めて驚いているわけだ。山頭火の終焉地となる松山での生活は一年足らず。この間も日記をつけている。それを読みながら、彼が住んだ一草庵の近くに、私も住んでいたことを思い出す。けれど季節感はいかにも覚束ない。山頭火は昭和十五年八月十三日には「こほろぎが身にちかく鳴くやうになった」と書いている。八月二十二日には「今夜初めて鈴虫の唄を聴いた」とも記す。

もちろんこおろぎも鈴虫も知っている。けれど私は山頭火のように、身にちかく鳴くこおろぎを聴いただろうか。鈴虫の唄を楽しんだろうか。今から考えれば、そんなことには無関心で、山頭火の世界から程遠くにいたような気がする。

山頭火の最晩年の日記を読むと、わたしの住んだ年代とは違っていても、懐かしさが込み上げてくる。日記は五十八歳のときのもの。私はその年齢を過ぎて、遅まきながら追体験しているのかもしれない。

「私は昼も夜もしよつちゆう俳句を考へてゐる、夢中句作することもある、俳人といふ以上は行住坐臥一切が俳句であるほど徹底した方がよいと思ふ。」（八月十八日）

行住坐臥一切が俳句というのは恐れ入る。歩くこと、止まること、すわること、臥すること、この四つはすべての動作の基本であろう。日常の立ち居振舞いすべてが俳句になるというのだ。

「無能無才なるが故に、私は一筋の道―句作行―をひたむきに精進することが出来たのである、句作するより外に私の為し得ることはなかつたのである、問題は成し遂げるかどうかにある、私は成し遂げるべく、全心全力を傾けてゐるのである、昨日も今日も、明日もまた。」（八月八日）

俳句についての心構えは、日記の中で至る所に書いている。そして句作も多いときは三十句、「一日三十句は多すぎるが、めつたにないことだ」（八月七日）とも記す。

　　麦 は あ る の で 麦 だ け 炊 い て 永 い 一 日

朝のひろがる花びらほのぼのながれにちかく
誰も知らないなやみがたえない秋に入る
けさはうれしいおしめりで秋立つといふけさで
蚊帳に机も入れてわたくし一人の仕事がある

自嘲
この年齢《トシ》になつてもおちつけないながれをよこぎる
悔いることばかりの髯をひつぱる
長生すればほんに恥ぢ入る風は秋

述懐
この一すぢをみなかみへさかのぼりつつ

未定稿の句帖を見ると、こんな句を書き連ねている。まさに行住坐臥の句であり融通無碍の世界だと思う。彼は八月二十六日の日記に「俳句性管見、――必ずしも形式は内容を規定しないと思ふ、内容が形式を作るともいへる」と書く。これは重要な指摘である。

管見とは自分の知識をへりくだって言う言葉だが、内心では自信をもっていたに違いない。

俳句において形式とは五七五の字数制限と、季語があることだろう。この約束さえ守れば、一般にはどんな内容だっておおむね俳句と認める。けれど山頭火は先ず形式ありきの俳句を作らない。

彼が作るのは自由律俳句である。提唱者は荻原井泉水で、当時は多くの仲間がいた。その歴史に触れる余裕はないが、俳句によって詠もうとする内容を優先すれば従来の形式では収まりきらない。といって形式が無いというのでなく、内容によって新しい俳句の形式を模索するのである。

引用した山頭火の俳句は、どれも十七字以上である。口語で表現すればどうしても長くなるが、いわゆる定型俳句でいう字余りとも違う。俳句がこれまで素材として扱わなかったものを、感情まで交えて詠むから長くなる。といって弛緩の俳句は最も戒めるものであった。八月十八日の日記には、そのことについて次のように書く。

「俳句性について、――
　単純に徹すること。
自己鈍化――執着――些末に対する――放下　なりきる
生命律――自然律――自由律　（自然のながれ
自他融合――主客渾一　身心一如　（生命のゆらぎ　リズム

全と個（私の一考察）
　あらはれ　個を通しての全の表現。」

山頭火における俳句のあり方をメモしたものだ。伝統の殻を破って新しい俳句を模索していたから、俳句とは何かと自問自答することも多かったようだ。それは趣味の世界でなく、いかに生きるか命懸け。だから何でも句の素材に拾おうと真剣であった。それらをいかに詠むかと工夫した。といって小手先の技巧的表現ではなく、真心をこめた内容ある俳句を目指している。そんな心情を来る日も来る日も書き連ねたのが、彼の日記といえなくもないが、その繰り返しが尊いのだ。八月五日の日記から、その一節を引用してみたい。

「早起、私は自ら省みて考へる、――私は節度ある生活をうち建てなければならない、ワガママを捨てて規律正しく生きなければならない、私はあまりに気随気儘だつた、私の生活にはムラがありすぎた、省みて疚しくない生活、俯仰天地に恥ぢない生活、アトクサレのない生活――さういふ生活こそほんたうの安心立命がある。」

自心を知るための旅

遍路みちは、大体が四国の海辺をぐるっと回る循環道である。その途中、途中に霊場札所があって、数えれば八十八ヵ所。その歴史については拙書『遍路まんだら—空海と四国巡礼を歩く』（佼成出版社）に書いている。これが切っ掛けで右回りに巡る円環的世界に興味を持ち、原点をさぐるために私はインドに出かけたりチベットへも二回旅した。

その間の少々思索も含めて、山頭火が遍路をどう考えていたかということを長く考えてきた。彼は行乞流転の初期に、一度は遍路の旅を試みている。そして、死期を感じての最後の旅に選んだのが四国遍路だった。

前の旅の記録はないが、後年の方には日記がある。その内容については後に触れたいが、注目すべきは「如実知自心」の言葉である。山頭火は最晩年の四国遍路を、高知県の途中から切り上げて、山中を近道で松山へと直行。ここで終《つい》の栖《すみか》となる一草庵に入り、次の二句を作っている。

おちついて死ねさうな草枯るる

おちついて死ねさうな草萌ゆる

ようやく安住の地を得ての、安穏の気分を詠んだものだ。入庵後の日記の方も死が迫る直前まで書き綴った気の入った内容であり、藁半紙をこよりで綴ったものだ。その表紙「雲去来（松山日記）」と題名をつけた傍らに書いているのが「如実知自心」の語であった。

遍路の旅を終えて、改めて書きはじめる日記の表紙に書いた語として、私は特別に「如実知自心」の語に注目している。これは『大日経』という大乗教典の住心品の中にある言葉で、「菩提心の菩提とは何か」と言う問いに対して答えた成句である。

菩提とは悟りを求める心である。すなわち悟りとは何かと問えば、如実知自心すなわち真如のまま、あるがままに自己の心のありようを知るべきだという。それは遍路の目差す真の姿である。

遍路でなくても、如実知自心は大切なことである。ここにいう自心とは、まじりけなく清らかであるかを自省すること。あるがままに自心を知ろうとすれば、遍路に出て歩くのが最良の方法である。山頭火はそう自覚して、最後に選んだのが四国遍路であったかと思う。

遍路については、あちこちで書いてきたから、ここで詳しくは触れない。山頭火が放浪の初期と最後に、遍路となって歩いたことを重視している。遍路みちは千年も昔に開かれたもので、恣意なものではない。

わがままきままな旅の雨にはぬれてゆく　　山頭火

さて、どちらへ行かう風がふく

あてもない旅の袂草こんなにたまり

山頭火の旅といえば、先ず思い出されるのが〈わがままきまま〉〈あてもない〉といったイメージの旅だ。

しかし、そんな旅だけでなく、初期にはなかなか窮屈な旅をしている。たとえば昭和六年三月六日、鳥取県に住んでいた句友の河本緑石（宮澤賢治とも親友）宛のハガキの一節には次のように書く。

「――私も先年御地方を行乞して歩きまはりました、その頃は一切の有縁無縁を離れ去る気持で、どなたにもお目にかゝりませんでした、いづれまたおたよりいたします、とりあへずこれだけ――。」

山頭火が出家得度し、やがて捨身懸命の旅に出るまでも、自由律俳句の「層雲」においては有力な俳人だった。早くから井泉水に協力し「層雲」の課題選者としても活躍している。だから結社内では有名で、地方に訪ねて行けば大いに歓待されたはずだ。それを敢えてしなかったのは修行のためで、四国遍路は昭和二年末から翌三年六月ころまで行っている。

その記録は山頭火自身の手で焼き捨ててしまったから、当時の実態は明らかでない。二十年ほど前に、私は当時の山頭火を知る人がいたことを聞いた。何でも学生時代の知友で、その人の家に長逗留していたとの噂。場所が私の生地大洲というのも奇しき縁だが、そのことを教えてくれた人も又聞きで、それ以上のことは分らないという。

私も四国遍路にかかわりあいながら、山頭火がたどった遍路みちを約四十年後ころから歩いている。もちろん眺めはずいぶん変わったに違いない。世態風俗ももちろん変わった。けれど変わらぬ千年を経た遍路みちがあって、同行二人ではないが山頭火の面影を求めているわけだ。

幼いころの私の記憶は、いつしか遍路たちのいる風景へと連なってゆく。春はお遍路さんの振り鳴らすチリンチリンの鈴の音からはじまる。それを聞くとわが家に走り帰り、米びつから布施の米をひとすくいして、軒先のお遍路さんに報謝した。それが子供の日課で、多い日には十数回と度重なった。

そんな私の思い出の中に山頭火がいる。もちろん山頭火ではなかったはずだが、私は私の勝手なイメージを形象化しようとしているのか。私が遍路にかかわる仕事をはじめたのもその影響で、これまでと異なる山頭火像を見ようとしているのかもしれない。放浪の俳人山頭火――そんな山頭火像が一般的だが、遍路みちから照射する山頭火像も、新たな風景をもたらすのである。

　もう一つ書いておきたいのは、山頭火の書についてだ。「如実知自心」とは境地の問題でもあるが、それが如実に現われるのが書においてでもあろう。亡くなる年の昭和十五年二月十二日の日記には次のように書く。

「一昨日、S寺で書きなぐった全紙の揮毫が気になつてしやうがない、破るべし〳〵、破らなければならない〳〵。一洵炊君にたのんで何とかしてもらふことにして、ほつと安心、こだはるな〳〵、よか〳〵。」

　彼はまずい字にさほど拘泥《こだわ》らないが、卑しい字に対しては自己嫌悪に陥っている。もちろん研鑽するところはあったろうが、努力だけでは片づかない。欠かせないのは俗気が抜けること、すなわち如実知自心ということか。私が注目したいのは、彼が死ぬ前々日、十月九日に揮毫した半折の文字だ。

　　ほろ〳〵酔うて木の葉ふる　　山頭火
　　へう〳〵として水を味ふ

　自在な運筆で、一切を放下した心境の見える書である。傑作であり、心身脱落した山頭火の真骨頂がそこにある。

ころり往生

山頭火が没してよりおよそ七十年も経つ。彼は昭和十五年（一九四〇）十月十一日に五十八歳で亡くなっている。死後、彼の生きた以上の年月が過ぎ去っているわけだ。

生きているときは食うや食わずの生活で、名声などというものからは程遠かった。私がここによく引用してきた行乞記や日記類は、死後も数十年過ぎてからの刊行である。それらのほとんどは親友の木村緑平に託し、山頭火みずからが扱いについては改めて指示するといったハガキを遺している。全文を引用してみよう。

「おはがき拝見、暑くなりましたね、いよ〳〵夏ですね、夏ハよろしい、殊に梅雨が梅雨らしく十分に降つてくれるので、――私もやうやく落ちつきました、落ちついて句稿原稿をまとめてゐます（今秋、行乞記を東京の本屋から刊行するやうになりませう）、お申越の日記ハ断然門外不出ですよ、誰が何といつても、事情が何であつても見せてハなりません、私の死後ハともかく生前ハ見ない見せないと約束したでハありませんか――そのうちまた、句集ハ先日柳河へ送りました。」

ハガキの消印は昭和十五年七月三日。山頭火が亡くなる三ヵ月余り前のものである。なかなかきっぱりとした断り状で、こんな態度をとることはめずらしい。それほど自分の日記に関しては明確な意志があったわけで、無二の親友である緑平に対しても少々失望を隠せない文面である。

ハガキの末尾に「柳河」とあるのは、現在の柳川市が町村合併する前の地名。緑平は福岡県田川郡上野村の赤池鉱業所社宅に住んでいたが、退職後のために買った家が柳河にあった。山頭火はちょうど一ヵ月前、上野村の社宅に緑平を訪ねている。このとき柳河の家のこと、老後のことなど話し合ったのではなかろうか。その当日、六月二日には緑平居から寄せ書きで田代俊和尚宛に、緑平は「前ぶれ無い訪れを受けてびつくりしたが、…」と書き、山頭火は「半年ぶりに老骨と老骨とが枕をならべてしみぐ〵語りあつてゐます」と書き送っている。

一ヵ月前に、しみじみ語り合う機会があったのだから、山頭火の日記の件はそれ以後に起こった動きであろう。それにしても、七月三日のハガキの中で「今秋、行乞記を東京の本屋から刊行するようになりませう」というのは、どうも解せない。秋に刊行する本なら七月には実際の作業にかかっているはずだ。また文面にある「行乞記」の内容はどんなものであったか。今日現存する山頭火の「行乞記」は緑平に預けていたものである。それと東京で出版する予定の「行乞記」とは、どう関連するのだろうか。

山頭火の一枚のハガキをめぐっても、ちょっと考えれば謎がある。そのほか山頭火の最後は自殺ではなかったか、というような推測なども飛び交って今も謎は多い。最も親しかった大山澄太氏が、山頭火の死は自殺でなかったか、と疑問を呈している。これを素気なく無視するわけにもいかず、没後七十年経った現在もなかなか解決のつかない問題は多い。

山頭火の最晩年の心境については、私もこれまで多く書いてきた。自殺説に関しても推察の出来ないことではないが、結論からいえば山頭火の死はころり往生と言ってもよかろう。

山頭火の絶命は昭和十五年十月十一日午前四時（推定）、死因は心臓麻痺。前日の夕方には隣接する護国神社の秋季大祭で、酒のお相伴にあずかり酔って庵の上がりかまちで卒倒していたという。これを助け起こして、庵にある小部屋の方に寝かせた人があった。このとき山頭火の嘔吐の臭気から薬物を飲んでいたのではないか、と推測するのが自殺説の拠り所のようである。

このあたりになると、今となっては藪の中だ。確かなのは亡くなる三日前までつけた十月八日の最後の日記がある。書き出しの部分を引用してみよう。

「早期護国神社参拝、十日、十一日はその祭礼である、――暁の宮は殊にすが〳〵しく神々しい、なんとなく感謝、慎しみの心が湧く、感謝、感謝！感謝は誠であり信である、誠であり、信であるが故に力強い、力強いが故に忍苦の精進が出来るのであり、尽きせぬ喜びが生れるのである。」

どうもこの文面からは、隣の神社の祭礼を楽しみにし、自殺を思いつく兆候は見られない。また九日の前夜から境内に出ている屋台店で、一杯ひっかけて御機嫌であった。

少々気になるのは最後の日記十月八日の末尾の部分である。「夜、一洵居へ行く、しんみりと話してかへつた、更けて書かうとするに今日は殊に手がふるへる」と書く。山頭火が書き遺した最後の文で、改めて読むと印象的である。書くことに執念を燃やした彼も、ここで緊張の糸が切れてしまったか。長年にわたり相当に無理な酒を飲み、明らかに健康を害していた。いよいよ日記も書けなかったとすれば、それは体力の衰えであったろう。

十月十日の夕方六時過ぎからは、一草庵で句会を開いている。指導者は山頭火のはずだが、隣の小部屋で鼾をかいて寝ていたという。現在から考えれば無呼吸症候群だったかもしれないが、当時はこれを変だと思う人はいなかったらしい。酔って寝ているのは珍しいことでなかった。山頭火らしい日常で、弟子たちは弟子たちで句会を開き、終わると先生に挨拶することなく帰っていった。これが日ごろの付き合いであり、山頭火もそんな気さくな関係を好んでいたようだ。一草庵での作は、

おちついて死ねさうな草萌ゆる

山頭火の最晩年は、自らが求めて行った松山で、まこと「おちついて死ねさう」と考えたの

だろう。一言でいえば、放浪の俳人としては恵まれた最後の約一年であったと思う。そこで山頭火が望んだ生き方、そして死に方は、随筆で「述懐」と題して書いている。その一部をここに掲出し、おしまいにしたい。

「私の念願は二つ。ただ二つある。ほんたうの自分の句を作りあげることがその一つ。そして他の一つはころり往生である。病んでも長く苦しまないで、あれこれと厄介をかけないで、めでたい死を遂げたいのである。――私は心臓麻痺か脳溢血で無造作に往生すると信じてゐる。」

あとがき

今年は山頭火が松山の一草庵に没してより七十年の歳月が経つ。生きている時は社会の厄介者で、一般には無視される存在だった。けれど七十年代ころより注目されるようになり、世にいう山頭火ブームを巻き起こす。その余波は継続的に繋がって、いつしか俳人山頭火の名は俳句史においても定着していった。

彼は最晩年に書いた随筆の中で、「私の念願は二つ。ただ二つある。ほんたうの自分の句を作りあげることがその一つ。そして他の一つはころり往生である」と書いている。〈ころり往生〉はすでに果たしていることだが、〈ほんたうの自分の句を作りあげること〉はどうだったか。今から考えれば、二つの念願が叶えられた至福の俳人というべきかもしれない。

私事でいえば山頭火没後七十年に際して出版したのが『山頭火 俳句の真髄』である。これでようやく春陽堂書店で刊行の『山頭火』三部作が完結する。

最初の一冊は『山頭火 名句鑑賞』（平成十九年五月）である。先に春陽堂書店から『山頭火百二十句・道の空』（平成四年十一月）を刊行しており、その新装増補版という内容。彼の遺した俳句は現在一万二千句ほどの数だ。そのうち名句と称すべきものが如何程あるか。まだまだ発掘が足りないと思っている。

二冊目は『山頭火 漂泊の生涯』(平成十九年六月)である。波瀾万丈の彼の境涯を、遺された資料と山頭火生前に交友のあった人々の聞き書きを中心に足跡を辿る内容のものだ。およそ四十年前には親交のあった友人も多く生きていて、私が会って取材した人も優に百人は越している。

三冊目が本書である『山頭火 俳句の真髄』だ。実は今年六月末から五十日間ほど病院に入院していた都合で、出版にまで漕ぎ着けるには難儀だった。ようやく日の目を見る運びとなって有り難いことだと感謝している。

省みれば、少々オーバーだがこの三部作が出来るまでにはおよそ四十年の歳月を費やした。もちろん山頭火だけの著作に関わっていたわけではないが、私にとって山頭火は忘れられない人物である。

最後になったが、今回も編集は永安浩美さん、岡﨑智恵子さんにお世話になりました。改めて感謝を表したい。

二〇一〇年一〇月

村上 護

山頭火　俳句の真髄

平成二十二年十一月十日　初版第一刷発行

著作者　村上　護
発行者　和田佐知子
発行所　株式会社　春陽堂書店
東京都中央区日本橋3―4―16
営業部03（3815）1666
http://www.shun-yo-do.co.jp/

装幀　山口桃志
印刷・製本　株式会社　加藤文明社

乱丁本、落丁本はお取替えいたします。

ISBN978-4-394-90278-2